在最美的年华遇见你

徐志摩陆小曼爱情札记

徐志摩 陆小曼 著

中国妇女出版社

图书在版编目（CIP）数据

在最美的年华遇见你：徐志摩陆小曼爱情札记 / 徐志摩，陆小曼著. -- 北京：中国妇女出版社，2020.6（2024.3重印）

ISBN 978-7-5127-1810-4

Ⅰ.①在… Ⅱ.①徐…②陆… Ⅲ.①中国文学－现代文学－作品综合集 Ⅳ.①I216.1

中国版本图书馆CIP数据核字（2019）第273975号

在最美的年华遇见你——徐志摩陆小曼爱情札记

作　　者：徐志摩　陆小曼　著
责任编辑：王海峰
封面设计：白砚川
责任印制：李志国
出版发行：中国妇女出版社
地　　址：北京市东城区史家胡同甲24号　　邮政编码：100010
电　　话：（010）65133160（发行部）　　65133161（邮购）
网　　址：www.womenbooks.cn
法律顾问：北京市道可特律师事务所
经　　销：各地新华书店
印　　刷：天津旭丰源印刷有限公司
开　　本：150×215　1/16
印　　张：19
字　　数：300千字
版　　次：2020年6月第1版
印　　次：2024年3月第2次
书　　号：ISBN 978-7-5127-1810-4
定　　价：69.80元

出版说明

本书收录的徐志摩和陆小曼的一封封通信和一篇篇日记，如一块块穿越时代的琥珀，将他们的旷世爱情封存至今。在编辑出版过程中，我们本着“尽可能尊重原文”的原则，逐字逐句校正，尽可能恢复每一封信、每一篇日记的原貌。对于文章中一些不易理解之处，我们核实了大量资料，予以注释。虽经努力，但限于时间、精力、水平，难免有不足之处，敬请指正。

目　录

CONTENTS

㊁

我只有你

一九二五年八月九日至三十一日·北京

八月九日

“幸福还不是不可能的”，这是我最近的发现。

今天早上的时刻，过得甜极了。我只要你；有你我就忘却一切，我什么都不想什么都不要了，因为我什么都有了。与你在一起没有第三人时，我最乐。坐着谈也好，走道也好，上街买东西也好。厂甸[1]我何尝没有去过，但哪有今天那样的甜法；爱是甘草，这苦的世界有了它就好上口了。眉，你真玲珑，你真活泼，你真像一条小龙。

我爱你朴素，不爱你奢华。你穿上一件蓝布袍，你的眉目间就有一种特异的光彩，我看了心里就觉着不可名状的欢喜。朴素是真的高贵。你穿戴齐整的时候当然是好看，但那好看是寻常的，人人都认得的，素服时的眉，有我独到的领略。

“玩人丧德，玩物丧志”，这话确有道理。

我恨的是庸凡，平常，琐细，俗；我爱个性的表现。

我的胸膛并不大，决计装不下整个或是甚至部分的宇宙。我的心河也不够深，常常有露底的忧愁。我即使小有才，决计不是天生

[1] 一般泛指北京琉璃厂一带，以庙会和古玩字画店闻名。

的，我信是勉强来的；所以每回我写什么多少总是难产，我唯一的靠傍是刹那间的灵通。我不能没有心的平安，眉，只有你能给我心的平安。在你完全的蜜甜的高贵的爱里，我享受无上的心与灵的平安。

凡事开不得头，开了头便有重复，甚至成习惯的倾向。在恋中人也得提防小漏缝儿，小缝儿会变大窟窿，那就糟了。我见过两相爱的人因为小事情误会斗口，结果只有损失，没有利益。我们家乡俗谚有："一天相骂十八头，夜夜睡在一横头。"意思说是好夫妻也免不了吵。我可不信，我信合理的生活，动机是爱，知识是南针；爱的生活也不能纯粹靠感情，彼此的了解是不可少的。爱是帮助了解的力，了解是爱的成熟，最高的了解是灵魂的化合，那是爱的圆满功德。

没有一个灵性不是深奥的，要懂得真认识一个灵性，是一辈子的工作。这工夫愈下愈有味，像逛山似的，唯恐进得不深。

眉，你今天说想到乡间去过活，我听了挺欢喜，可是你得准备吃苦。总有一天我引你到一个地方，使你完全转变你的思想与生活的习惯。你这孩子其实是太娇养惯了！我今天想起丹农雪乌的《死的胜利》的结局；但中国人，哪配！眉，你我从今起对爱的生活负有做到它十全的义务。我们应得努力。眉，你怕死吗？眉，你怕活吗？活比死难得多！眉，老实说，你的生活一天不改变，我一天不得放心。但北京就是阻碍你新生命的一个大原因。因此我不免发愁。

我从前的束缚是完全靠理性解开的，我不信你的就不能用同样的方法。万事只要自己决心，决心与成功间的是最短的距离。

往往一个人最不愿意听的话，是他最应得听的话。

八月十日

我六时就醒了，一醒就想你来谈话，现在九时半了，难道你还不曾起身，我等急了。

我有一个心，我有一个头，我心动的时候，头也是动的。我真应得谢天，我在这一辈子里，本来自问已是陈死人，竟然还能尝着生活的甜味，曾经享受过最完全，最奢侈的时辰，我从此是一个富人，再没有抱怨的口实，我已经知足。这时候，天坍了下来，地陷了下去，霹雳种在我的身上，我再也不怕死，不愁死，我满心只是感谢。即使眉你有一天（恕我这不可能的设想）心换了样，停止了爱我，那时我的心就像莲蓬似的栽满了窟窿，我所有的热血都从这些窟窿里流走——即使有那样悲惨的一天，我想我还是不敢怨的，因为你我的心曾经一度灵通，那是不可灭的。上帝的意思到处是明显的，他的发落永远是平正的；我们永远不能批评，不能抱怨。

八月十一日

这过的是什么日子！我这心上压得多重呀！眉，我的眉，怎么好呢？刹那间有千百件事在方寸间起伏，是忧，是虑，是瞻前，是顾后，这笔上哪能写出？眉，我怕，我真怕世界与我们是不能并立的，不是我们把他们打毁成全我们的话，就是他们打毁我们，逼迫我们的死。眉，我悲极了，我胸口隐隐地生痛，我双眼盈盈的热泪，我就要你，我此时要你，我偏不能有你，喔，这难受——恋爱是痛苦的，是的眉，再也没有疑义。眉，我恨不得立刻与你死去，因为只有死可以给我们想望的清静，相互的永远占有。眉，我来献全盘的爱给你，一团火热的真情，整个儿给你，我盼望你也一样拿整个，完全的爱还我。

世上并不是没有爱，但大多是不纯粹的，有漏洞的，那就不值钱，平常，浅薄。我们是有志气的，决不能放松一屑屑，我们得来一个直纯的榜样。眉，这恋爱是大事情，是难事情，是关生死超生死的事情——如其要到真的境界，那才是神圣，那才是不可侵犯。有同情的朋友是难得的，我们现有少数的朋友，就思想见解论，在中国是第一流。他们都是真爱你我，看重你我，期望你我的。他们要看我们做到一般人做不到的事，实现一般人梦想的境界。他们，我敢说，相信你我有这天赋，有这能力；他们的期望是最难得的，但同时你我负着的责任，那不是玩儿。对己，对友，对社会，对天，我们有奋斗到底，做到十全的责任！眉，你知道我近来心事重极了，晚上睡不着不说，睡着了就来怖梦，种种的顾虑整天像刀光似的在心头乱刺，眉，你又是在这样的环境里嵌着，连自由谈天的机会都没有。咳，这真是哪里说起！眉，我每晚睡在床上寻思时，我仿佛觉着发根里的血液一滴滴地消耗，在忧郁的思念中黑发变得苍白。一天二十四时，心头哪有一刻的平安——除了与你单独相对的俄顷，那是太难得了。眉，我们死去吧。眉，你知道我怎样的爱你，啊眉！比如昨天早上你不来电话，从九时半到十一时我简直像是活抱着炮烙似的受罪，心那么地跳，那么地痛，也不知为什么，说你也不信，我躺在榻上直咬着牙，直翻身喘着哪！后来再也忍不住了，自己拿起了电话，心头那阵的狂跳，差一点让我晕了。谁知你一直睡着没有醒，我这自讨苦吃多可笑，但同时你得知道，眉，在恋中人的心理是最复杂的心理，说是最不合理可以，说是最合理也可以。眉，你肯不肯亲手拿刀割破我的胸膛，挖出我那血淋淋的心留着，算是我给你最后的礼物？

今朝上睡昏昏的只是在你的左右。那怖梦真可怕，仿佛有人用妖法来离间我们，把我迷在一辆车上，整天整夜地飞行了三昼夜，旁边坐着一个瘦长的严肃的妇人，像是运命自身，我昏昏的身体动不得，口开不得，听凭那妖车带着我跑，等得我醒来下车的时候有人来对我说你已另订约了。我说不信，你带约指的手指忽在我眼前闪动。我一见就往石板上一头冲去，一声悲叫，就死在地下——正当你电话铃响把我振醒，我那时虽则醒了，但那一阵的凄惶与悲酸，像是灵魂出了窍似的，可怜呀，眉！我过来正想与你好好地谈半点钟天，偏偏你又得出门就诊去，以后一天就完了，四点以后过的是何等不自然而局促的时刻！我与“先生”谈，也是凄凉万状，我们的影子在荷池圆叶上晃着，我心里只是悲惨，眉呀，你快来伴我死去吧！

八月十二日

这在恋中人的心境真是每分钟变样，绝对地不可测度。昨天那样的受罪，今儿又这般的上天，多大的分别！像这样的艳福，世上能有几个人享着；像这样奢侈的光阴，这宇宙间能有几多？却不道我年前口占的“海外缠绵香梦境，销魂今日竟燕京”，应在我的甜心眉的身上！B明白了，我真又欢喜又感激！他这来才够交情，我从此完全信托他了。眉，你的福分可也真不小，当代贤哲你瞧都在你的妆台前听候差遣。眉，你该睡着了吧，这时候，我们又该梦会了！说也真怪，这来精神异常地抖擞，真想做事了，眉，你内助我，我要向外打仗去！

八月十四日

昨晚不知哪儿来的兴致，十一点钟跑到W家里，本想与奚谈天，他买了新鲜核桃、葡萄、莎果、莲蓬请我，谁知讲不到几句话，太太回来了，那就是完事。接着W和M也来了，一同在天井里坐着闲话，大家嚷饿，就吃蛋炒饭，我吃了两碗，饭后就嚷打牌，我说那我就得住夜，住夜就得与他们夫妇同床，M连骂“要死快哩，疯头疯脑”，但结果打完了八圈牌，我的要求居然做到，三个人一头睡下，熄了灯，M躲紧在W的胸前，格支支地笑个不住，我假装睡着，其实他说话等等我全听分明，到天亮都不曾落忽。

眉，娘真是何苦来。她是聪明，就该聪明到底；她既然看出我们俩都是痴情人容易钟情，她就该得想法大处落墨，比如说禁止你与我往来，不许你我见面，也是一个办法；否则就该承认我们的情分，给我们一条活路才是道理。像这样小鹣鹣地溜着眼珠当着人前捍防，多说一句话该，多看一眼该，多动一手该，这可不是真该，实际毫无干系，只叫人不舒服，强迫人装假，真是何苦来。眉，我总说有真爱就有勇气，你爱我的一片血诚，我身体磨成了粉都不能怀疑，但同时你娘那里既不肯冒险，他那里又不肯下决断，生活上也没有改向，单叫我含糊地等着，你说我心上哪能有平安，这神魂不定又哪能做事？因此我不由不私下盼望你能进一步爱我，早晚想一个坚决的办法出来，使我早一天定心，早一天能堂皇地做人，早一天实现我一辈子理想中的新生活。眉，你爱我究竟是怎样的爱法？

我不在时你想我，有时很热烈地想我，那我信！但我不在时你依旧有你的生活，并不是怎样地过不去；我在你当然更高兴，但我所最要知道的是，眉呀，我是否你“完全的必要”，我是否能给你一些世上再没有第二人能给你的东西，是否在我的爱你的爱里你得到了你一生最圆满，最无遗憾的满足？这问题是最重要不过的，因为恋爱之所以为恋爱，就在它那绝对不可改变不可替代的一点；罗米乌爱玖丽德，愿为她死，世上再没有第二个女子能动他的心；玖丽德爱罗米乌，愿为他死，世上再没有第二个男子能占她一点子的情，他们那恋爱之所以不朽，又高尚，又美，就在这里。他们俩死的时候彼此都是无遗憾的，因为死成全他们的恋爱到最完全最圆满的程度，所以这，“Die upon a kiss”[1]是真钟情人理想的结局，再不要别的。反面说，假如恋爱是可以替代的，像是一枝牙刷烂了可以另买，衣服破了可以另制，它那价值也就可想。“定情”——the spiritual engagement，the great mutual giving up[2]——是一件伟大的事情，两个灵魂在上帝的眼前自愿结合，人间再没有更美的时刻——恋爱神圣就在这绝对性，这完全性，这不变性；所以诗人说：The light of a whole life dies，when love is done.[3]

---

[1] 一吻而亡，出自《奥赛罗》。

[2] 精神上的定亲，伟大的彼此献身。

[3] 恋爱成功，整个生命之火便熄灭了。

恋爱是生命的中心与精华；恋爱的成功是生命的成功，恋爱的失败，是生命的失败，这是不容疑义的。

眉，我感谢上苍，因为你已经接受了我；这来我的灵性有了永久的寄托，我的生命有了最光荣的起点，我这一辈子再不能想望关于我自身更大的事情发生，我一天有你的爱，我的命就有根，我就是精神上的大富翁。因此我不能不切实地认明这基础究竟是多深，多坚实，有多少抵抗浸凌的实力——这生命里多的是狂风暴雨！

所以我不怕你厌烦我要问你究竟爱到什么程度；有了我的爱，你是否可以自慰已经得到了生命与生命中的一切；反面说，要没有我的爱，是否你的一生就没有了光彩。我再来打譬喻：你爱吃莲肉，爱吃鸡豆肉；你也爱我的爱！在这几天我信莲肉、鸡豆、爱都是你的需要；在这情形下爱只像是一个“加添的必要”——an additional necessity，不是绝对的必要，比如空气，比如饮食，没了一样就没有命的。有莲时吃莲，有鸡豆时吃鸡豆；有爱时“吃”爱。好，再过几时时新就换样，你又该吃蜜桃，吃大石榴了，那时假定我给你的爱也跟着莲与鸡豆完了，但另有与石榴同时的爱现成可以“吃”——你是否能照样过你的活，照样生活里有跳有笑的？再说明白的，眉呀，我祈望我的爱是你的空气，你的饮食，有了就活，缺了就没有命的一样东西；不是鸡豆或是莲肉，有时吃固然痛快，过了时也没有多大交关，石榴柿子青果跟着来替口味多着吧！眉，你知道我怎样地爱你，你的爱现在已是我的空气与饮食，到了一半天不可少的程度，因此我要知道在你的世界里我的爱占一个什么地位。

May，I miss your passionately appealing gazing and soul-communicating glances which once so overwhelmed and ingratiated me. Suppose I die suddenly tomorrow morning.Suppose I change my heart and love somebody else, What then would you feel and what would you do? These are very cruel supposition. I know, but all the same I can't help making them, such being the lover's psychology.

Do you know what would I have done if in my coming back, I should have found my love no longer mine! Try and imagine the situation and tell me what you think.[1]

日记已经第六天了，我写上了一二十页，不管写的是什么，你一个字都还没有出世哪！但我却不怪你，因为你真是贵忙；我自己就负你空忙大部分的责。但我盼望你及早开始你的日记，纪念我们同玩厂甸那一个蜜甜的早上。我上面一大段问你的话，确是我每天郁在心里的一点意思。眉，你不该答复我一两个字吗？眉，我写日记的时候我的意绪益发蚕丝似的绕着你；我笔下多写一个眉字，我口里低呼一声我的爱，我的心为你多跳了一下。你从前给我写的时候也是同样的情形我知道，因此我益发盼望你继续你的日记，也使我多得一点欢喜，多添几分安慰。

我想去买一只玲珑坚实的小箱，存你我这几月来交换的信件，算是我们定情的一个纪念，你意思怎样？

[1] 眉，我想念你那讨我喜欢的热情恳切的凝视和交流心灵的秋波频送。假如我明天早晨突然死去，假如我变了心爱上别人，你会怎么想，怎么办？我明知这种假设太残酷了，可是我还要这样假设，这就是情人心理学。

要是我回来时发现我情之所钟的人不再是我的了。你知道我会怎么办？想想那情景，告诉我你怎么想的。

八月十六日

真怪，此刻我的手也直颤抖，从没有过的，眉我的心，你说怪不怪，跟你的颤抖一样？想是你传给我的，好，让我们同病；叫这剧烈的心震震死了岂不是完事一宗？事情的确是到门了，眉，是往东走或往西走你赶快得定主意才是，再要含糊大事就变成了玩笑，那可真不是玩！他[1]那口气是最分明没有的了；那位京友我想一定是双心，决不会第二个人。他现在的口气似乎比从前有主意得多，他已经准备“依法办理”；你听他的话“今年决不拦阻你”。好，这回像人了！他像人，我们还不争气吗？眉，这事情清楚极了，只要你的决心，娘，别说一个，十个也不能拦阻你。我的意思是我们同到南边去（你不愿我的名字混入第一步，固然是你的好意，但你知道那是不成功的，所以与其拖泥带浆还不如走大方的路，来一个干脆，只是情是真的，我们有什么见不得人面的地方？）找着P做中间人，解决你与他的事情，第二步当然不用提及，虽则谁不明白？眉，你这回真不能再做小孩了，你得硬一硬心，一下解决了这大事免得成天怀鬼胎过不自然的痛苦的日子。要知道你一天在这尴

[1] 指陆小曼当时的丈夫王赓。

尬的境地里嵌着，我也心理上一天站不直，哪能真心去做事，害得谁都不舒服，真是何苦来。眉，救人就是自救，自救就是救人。我最恨的是苟且，因循，懦怯，在这上面无论什么事就是找不到基础的。有志者事竟成，没有错儿。奋勇上前吧，眉，你不用怕，有我整个儿在你旁边站着，谁要动你分毫，有我拼着性命保护你，你还怕什么?

今晚我认账心上有点不舒服，但我有解释，理由很长。明天见面再说吧。我的心怀里，除了挚爱你的一片热情外，我决不容留任何夹杂的感想；这册爱眉小札里，除了登记因爱而流出的思想外，我也决不愿夹杂一些不值得的成分。眉，我是太痴了，自顶至踵全是爱，你得明白我，你得永远用你的柔情包住我这一团的热情，决不可有一丝的漏缝，因为那时就有爆裂的危险。

八月十八日

十一点过了。肚子还是疼，又着了凉怪难受的，但我一个人占着空院子（宏这回真走了），夜沉沉的，哪能睡得着？这时候饭店凉台上正凉快，舞场中衣香鬓影多浪漫多作乐呀！这屋子闷热得凶，蚊虫也不饶人，我脸上腕上脚上都叫咬了。我的病我想一半是昨晚少睡，今天打球后又喝冰水太多，此时也有些倦意，但眉你不是说回头给我打电话吗？我哪能睡呢！听差们该死，走的走，睡的睡，一个都使唤不来。你来电时我要是睡着了那又不成。所以我还是起来涂我最亲爱的爱眉小札吧。

方才我躺在床上又想这样那样的。怪不得老话说“疾病则思亲”，我才小不舒服，就动了感情，你说可笑不？我倒不想父母，早先我有病时总想妈妈，现在连妈妈都退后了，我只想我那最亲爱的，最钟爱的小眉。我也想起了你病的那时候，天罚我不叫我在你的身旁，我想起就痛心，眉，我怎样不知道你那时热烈的想我要我。我在意大利时有无数次想出了神，不是使劲地自咬手臂，就是拿拳头捶着胸，直到真痛了才知道。今晚轮着我想你了，眉！我想象你坐在我的床头，给我喝热水，给我吃药，抚摩着我生痛的地方，让我好好地安眠，那多幸福呀！我愿意生一辈子病，叫你坐一辈子的床头。哦！那可不成，太自私了，不能那样设想。昨晚我问你我死了你怎样，你说你也死，我问真的吗，你接着说的比较近情些。你说你或许不能死，因为你还有娘，但你会把自己“关”起来，再不与男人们来往。眉，真的吗？门关得上，也打得开，是不是？我真傻，我想的是什么呀，太空幻了！我方才想假使我今晚肚子疼是盲肠炎，一阵子涌上来在极短的时间内痛死了我，反正这空院子里鬼影都没，天上只有几颗冷淡的星，地下只有几茎野草花。我要是真的灵魂出了窍，那时我一缕惊魂飘飘荡荡的好不自在，我一定跟着凉风走，自己什么主意都没有；假如空中吹来有音乐的声响，我的鬼魂许就望着那方向飞去——许到了饭店的凉台上。啊，多凉快的地方，多好听的音乐，多热闹的人群呀！啊，那又是谁，一位妙龄女子，她慵慵地倚着一个男子肩头在那像水泼似的地坪上翩翩地舞，多美丽的舞影呀！但她是谁呢，为什么我这缥缈的三魂无端又感受到一个劲烈的颤栗？她是谁呢，那样地美，那样地风情，让我移近去看看，反正这鬼影是没人觉察，不会招人讨厌的不是？现在我移近了她的跟前——慵慵地倚着一个男子肩头款款舞踏着的那位女郎。她到底是谁呀，你，孤单的鬼影，究竟认清了没有？她不是旁人；不是皇家的公主，不是外邦的少女；她不是别人，她就是她——你生前沥尽肝脑去恋爱的她！你自己不幸，这大早就变了鬼，她又不知道，你不通知她哪能知道——那圆舞曲的音乐多香柔呀！好，我去通知她吧。那鬼影踌躇了一晌，咽住了他无形的悲泪，益发移近了她，举起一个看不见的指头，向着她暖和的胸前轻轻地一点——啊，她打了一个寒噤，她抬起了头，停了舞，睁大了眼睛，望着透光的鬼影睁眼地看，在那一瞥间她见着了，她也明白了，她知道完了——她手掩着面，她悲切切地哭了。

她同舞的那位男子用手去揽着她，低下头去软声声安慰她——在泼水似的地平上，他拥着掩面悲泣的她慢慢走回座位去坐下了。音乐还是不断地奏着。

十二点了，你还没有消息，我再上床去躺着想吧。

十二点三刻了，还是没有消息，水管的水声，像是沥淅的秋雨，真恼人。为什么心头这一阵阵地凄凉，眼泪——线条似的挂下来了！写什么，上床去吧。

一点了，一个秋虫在阶下鸣，我的心跳；我的心一块块地迸裂；痛！写什么，还是躺着去，孤单的痴人！

一点过十分了，还这么早，时间过得真慢呀！

这地板多硬呀，跪着双膝生痛；其实何苦来，祷告又有什么用处？人有没有心是问题；天上有没有神道更是疑问了。

志摩啊你真不幸！志摩啊你真可怜！早知世界是这样的，你何必投娘胎出世来！这一腔热血迟早有一天呕尽。

一点二十分！

一点半——Marvellous!![1]

一点三十五分——Life is too charming，in—deed.Haha!![2]

一点三刻——O'is that the way woman love！ Is that the way woman love！[3]

一点五十五分——天呀！

[1] 不可思议的！！

[2] 人生太奇妙了，真是这样。哈哈！！

[3] 哦，女人是这样爱的！女人的爱原来如此！

两点五分——我的灵魂里的血一滴滴地在那里掉……

两点十八分——疯了！

两点三十分——

两点四十分

"The pity of it, the pity of it, Iago!" Christ, what a hell is packed into that line! Each syllable blessed, When you say it.[1]

两点五十分——静极了！

三点七分——

三点二十五分——火都没了！

三点四十分——心茫然了！

五点欠一刻——咳！

六点三十分

七点二十七分

[1] "可惜，可惜，伊阿古！"天啊，这台词到底是什么意思！你吐出的每一个音节都有神圣的力量。

八月十九日

眉，你救了我，我想你这回真的明白了，情感到了真挚而且热烈时，不自主地往极端方向走去，亦难怪我昨夜一个人发狂似的想了一夜，我何尝成心和你生气，我更不会存一丝的怀疑，因为那就是怀疑我自己的生命，我只嫌你太孩子气，看事情有时不认清亲疏的区别，又太顾虑，缺乏勇气。须知真爱不是罪（就怕爱而不真，做到真字的绝对义那才做到爱字），在必要时我们得以身殉，与烈士们爱国，宗教家殉道，同是一个意思。你心上还有芥蒂时，还觉得“怕”时，那你的思想就没有完全叫爱染色，你的情没有到晶莹剔透的境界，那就比一块光泽不纯的宝石，价值不能怎样高的。昨晚那个经验，现在事后想来，自有它的功用，你看我活着不能没有你，不单是身体，我要你的性灵，我要你身体完全地爱我，我也要你的性灵完全地化入我的，我要的是你的绝对的全部——因为我献给你的也是绝对的全部，那才当得起一个爱字。在真的互恋里，眉，你可以尽量、尽性地给，把你一切的所有全给你的恋人，再没有任何的保留，隐藏更不需说；这给，你要知道，并不是给，像你送人家一件袍子或是什么，非但不是给掉，这给是真的爱，因为在两情的交流中，给与爱再没有分界；实际是你给愈多你愈富有，因为恋情不是像金子似的硬性，它是水流与水流的交抱，是明月穿上了一件轻快的云衣，云彩更美，月色亦更艳了。眉，你懂得不是，我们买东西尚且要挑剔，怕上当，水果不要有蛀洞的，宝石不要有斑点的，布绸不要有皱纹的，爱是人生最伟大的一件事实，如何少得一个完全；一定得整个换整个，整个化入整个，像糖化在水里，才是理想的事业，有了那一天，这一生也就有了交代了。

眉，方才你说你愿意跟我死去，我才放心你爱我是有根了；事实不必有，决心不可不有，因为实际的事变谁都不能测料，到了临场要没有相当准备时，原来神圣的事业立刻就变成了丑陋的顽笑。

世间多的是没志气的人，所以只听见顽笑，真的能认真的有几个人；我们不可不格外自勉。

我不仅要爱的肉眼认识我的肉身，我要你的灵眼认识我的灵魂。

八月二十日

我还觉得虚虚的，热没有退净，今晚好好睡就好了，这全是自讨苦吃。

我爱那重帘，要是帘外有浓绿的影子，那就更有趣了。

你这无谓的应酬真叫人太不耐烦，我想想真有气，成天遭强盗抢。老实说，我每晚睡不着也就为此，眉，你真的得小心些，要知道“防微杜渐”在相当时候是不可少的。

八月二十一日

眉，醒起来，眉，起来，你一生最重要的交关已经到门了，你再不可含糊，你再不可因循，你成人的机会到了，真的到了。他已经把你看作泼水难收，当着生客们的面前，尽量地羞辱你；你再没有志气，也不该犹豫了；同时你自己也看得分明，假如你离成了，决不能再在北京耽下去。我是等着你，天边去，地角也去，为你我什么道儿都欣欣地、不踌躇地走去。听着：你现在的选择，一边是苟且暧昧地图生，一边是认真地生活；一边是肮脏的社会，一边是光荣的恋爱；一边是无可理喻的家庭，一边是海阔天空的世界与人生；一边是你的种种的习惯，寄妈舅母，各类的朋友，一边是我与你的爱。认清楚了这回，我最爱的眉呀，"差以毫厘，谬以千里"，"一失足成千古恨"，你真的得下一个完全自主的决心，叫爱你期望你的真朋友们，一致起敬你才好呢！

眉，为什么你不信我的话，到什么时候你才听我的话！你不信我的爱吗？你给我的爱不完全吗？为什么你不肯听我的话，连极小的事情都不依从我——倒是别人叫你上哪儿你就梳头打扮了快走。你果真是我，不能这样没胆量，恋爱本是光明事。为什么要这样子偷偷的，多不痛快。

眉，要知道你只是偶尔的觉悟，偶尔的难受，我呢，简直是整天整晚的叫忧愁割破了我的心。

O May！ Love me；give me all your love，let us become one；try to live into my love for you, let my love fill you,nourish you,caress your daring body and hug your daring soul too；let my love stream over you，merge you thoroughly，let me rest happy and confident in your passion for me！[1]

忧愁他整天拉着我的心，
像一个琴师操练他的琴；
悲哀像是海礁间的飞涛，
看他那汹涌听他那呼号。

[1] 哦，眉！爱我，给我你全部的爱，让咱俩合二为一吧。在我对你的爱里生活吧，让我的爱注入你的全身心，滋养你，爱抚你无可畏惧的玉体，紧抱你无可畏惧的心灵吧。让我的爱洒满你全身，把你全部吞掉，使我能在你对我的热爱里幸福而充满信心地休息！

八月二十二日

眉，今儿下午我实在是饿荒了，压不住上冲的肝气，就这么说吧，倒叫你笑话酸劲儿大，我想想是觉着有些过分地不自持，但同时你当然也懂得我的意思。我盼望，聪明的眉呀，你知道我的心胸不能算不坦白，度量也不能说是过分地窄，我最恨是琐碎地方认真，但大家要分明，名分与了解有了就好办，否则就比如一盘不分疆界的棋，叫人无从下手了。

很多事情是庸人自扰，头脑清明所以是不能少的。

你方才跳舞说一句话很使我自觉难为情，你说："我们还有什么客气？"难道我真的气度不宽，我得好好地反省才是。

眉，我没有怪你的地方，我只要你的思想与我的合并成一体，绝对地泯缝，那就不易见错儿了。

我们得互相体谅，在你我间的一切都得从一个爱字里流出。

我一定听你的话，你叫我几时回南我就回南，你叫我几时往北我就几时往北。

今天本想当人前对你说一句小小的怨语，可没有机会，我想说："小眉真对不起人，把人家万里路外叫了回来，可连一个清静谈话的机会都没给人家！"下星期去西山一定可以有机会了，我想着就起劲，你呢，眉？

我较深的思想一定得写成诗才能感动你，眉，有时我想就只你一个人真的懂我的诗，爱我的诗，真的我有时恨不得拿自己血管里的血写一首诗给你，叫你知道我爱你是怎样地深。

眉，我的诗魂的滋养全得靠你，你得抱着我的诗魂像抱亲孩子似的，他冷了你得给他穿，他饿了你得喂他食——有你的爱他就不愁饿不愁冻，有你的爱他就有命！

眉，你得引我的思想往更高更大更美处走；假如有一天我思想堕落或是衰败时就是你的羞耻，记着了，眉！

已经三点了，但我不对你说几句话我就别想睡。这时你大概早睡着了，明儿九时半能起吗？我怕还是问题。

你不快活时我最受罪，我应当是第一个有特权有义务给你慰安的人不是？下回无论你怎样受了谁的气不受用时，只要我在你旁边看你一眼或是轻轻地对你说一两个小字，你就应得宽解；你永远不能对我说“Shut up！”（当然你决不会说的，我是说笑话），叫我心里受刀伤。

我们男人，尤其是像我这样的痴子，真也是怪，我们的想头不知是哪样转的，比如说去秋那“一双海电”，为什么这一来就叫一万二千度的热顿时变成了冰，烧得着天的火立刻变成了灰，也许我是太痴了，人间绝对的事情本是少有的。All or Nothing[1]到如今还是我做人的标准。

眉，你真是孩子，你知道你的情感的转向来得多快，一会儿气

[1] 宁为玉碎，不为瓦全。

得话都说不出，一会儿又嚷吃面包了！

今晚与你跳的那一个舞，在我是最Enjoy不过了，我觉得从没有经验过那样浓艳的趣味——你要知道你偶尔唤我时我的心身就化了！

八月二十三日

昨晚来今雨轩又有慷慨激昂的“援女学联会”，有一个大胡子矮矮的，他像是大军师模样，三五个女学生一群男学生站在一起谈话，女的哭哭嗓嗓，一面擦眼泪，一面高声的抗议，我只听见“像这样还有什么公理呢？”又说“谁失踪了，谁受重伤了，谁准叫他们打死了，唉，一定是打死了，乌乌乌乌……”

眉倒看得好玩，你说女人真不中用，一来就哭，你可不知道女人的哭才是她的真本领哩！

今天一早就下雨，整天阴霾到底，你不乐，我也不快；你不愿见人，并且不愿见我；你不打电话，我知道你连我的声音都不愿听见，我可一点也不怪你，眉，我懂得你的抑郁，我只抱歉我不能给你我应分的慰安。十一点半了，你还不曾回家，我想象你此时坐在一群叫嚣不相干的俗客中间，看他们放肆地赌，你尽愣着，眼泪向里流着，有时你还得陪笑脸，眉，你还不厌吗，这种无谓的生活，你还不造反吗？眉？

我不知道我对你说着什么话才好，好像我所有的话全说完了，又像是什么话都没有说，眉呀，你望不见我的心吗？这凄凉的大院子今晚又是我单个儿占着，静极了，我觉得你不在我的周围，我想飞上你那里去，一时也像飞不到的样子，眉，这是受罪，真是受罪！方才“先生”说他这一时不很上我们这儿来，因为他看了我们不自然的情形觉着不舒服，原来事情没有到门大家见面打哈哈倒没有什么，这回来可不对了，悲惨的颜色，紧急的情调，一时都来了，但见面时还得装作，那就是痛苦，连旁观人都受着的，所以他不愿意来，虽则他很Miss你。他明天见娘谈话去，他再不见效，谁都不能见效了，他真是好朋友，他见到，他也做到，我们将来怎样答谢他才好哩！S来信有这几句话——我觉得自己无助的可怜，但是一看小曼，我觉得自己运气比她高多了，如果我精神上来，多少可以做些事业，她却难上难，一不狠心立志，险得狠。岁月蹉跎，如何能保守健康精神与身体，志摩，你们都是她的至近朋友，怎不代她设想设想？使她蹉磨下去，真是可惜，我是巾帼，到底不好参与家事……

八月二十四日

这来你真的很不听话，眉？你知道不？也许我不会说话，你不爱听，也许你心烦听不进，今晚在真光我问你记否去年第一次在剧场觉得你的发鬓擦着我的脸（我在海拉尔寄回一首诗，来纪念那初度尖锐的官感，在我是不可忘的），你理都没有理会我，许是你看电影出了神，我不能过分怪你。

今晚北海真好，天上的双星那样地晶清，隔着一条天河含情地互睇着；满池的荷叶在微风里透着清馨；一弯黄玉似的初月在西天挂着；无数的小虫相应地叫着；我们的小舫在荷叶丛中刺着，我就想你，要是你我俩坐着一只船在湖心里荡着，看星，听虫，嗅荷馨，忘却了一切，多幸福的事，我就怨你这一时心不静，思想不清，我要你到山里去也就为此。你一到山里心胸自然开豁得多，我敢说你多忘了一件杂事，你就多一分心思留给你的爱：你看看地上的草色，看看天上的星光，摸摸自己的胸膛，自问究竟你的灵魂得到了寄托没有，你的爱得到了代价没有，你的一生寻出了意义没有？你在北京城里是不会有清明思想的——大自然提醒我们内心的愿望。

我想我以后写下的不拿给你看了，眉，一则因为天天看烦得很，反正是这一路的话，这爱长爱短老听也是怪腻烦的；二则我有些不甘愿因为分明这来你并不怎样看重我的“心声”。我每天地写，有工夫就写，倒像是我唯一的功课，很多是夜阑人静半夜三更写的，可是你看也就翻过算数，到今天你那本子还是白白的，我问你劝你的话你也从不提及，可见你并不曾看进去，我写当然还是写，但我想这来不每天缴卷似的送过去了，我也得装装马虎，等你自己想起时间起时真的要看时再给你不迟。我记得（你记得吗，眉？）才几个月前你最初与我秘密通讯时，你那时的诚恳、焦急、需要，怎样抱怨我不给你多写，你要看我的字就比掉在岸上的鱼想水似的急，——咳，那时间我的肝肠都叫你摇动了，眉！难道这几个月来你已经看够了不成？我的话准没有先前的动听，所以你也不再着急要，虽则我自问我对你一往的深情真是一天深似一天，我想看你的字，想听你的话，想搂抱你的思想，正比你几个月前想要我的有增无减——眉，这是什么道理？我知道我如其尽说这一套带怨意的话，你一定看得更不耐烦：你真是愈来愈蠢了，什么新鲜的念头，讨人欢喜招人乐的俏皮话一句也想不着。这本子一页又一页只是板着脸子说的郑重话，哪能怪你不爱看——我自个儿活该不是？下回我想来一个你给我的信的一个研究——我要重新接近你那时的真与挚，热烈与深刻。眉，你知道你那时偶尔看一眼，那一眼里含着多少的深情呀！现在你快正眼都不爱觑我了，眉，这是什么道理？你说你心烦，所以连面都不愿见我——我懂得，我不怪你，假如我再跑了一次看看——我不在跟前时也许你的思想倒会分给我一些——你说人在身边，何必再想，真是！这样来我愿意我立即死了，那时我倒可以希望占有你一部分纯洁的思想的快乐。眉，你几时才能不心烦？你一天心烦，我也一天不心安，因为我们俩的思想镶不到一起，随我怎样的用力用心——

眉，假如我逼着你跟我走，那是说到和平办法真没有希望时，你将怎样发付我？不，我情愿收回这问句，因为你也许忍心拿一把刀插在爱你的摩的心里！

咳，“以不了了之”，什么话！我倒不信，徐志摩不是懦夫，到相当时候我有我的颜色，无耻的社会你们看着吧！

眉，只要你有一个日本女子一半的痴情与侠气——你早跟我飞了，什么事都解决了。乱丝总得快刀斩，眉，你怎的想不通呀！

上海有时症，天又热，我也有些怕去。

八月二十五日

眉，你快乐时就比花儿开，我见了直乐！

八月二十七日

两天不亲近爱眉小札了，真觉得抱歉。

香山去只增添、加深我的懊丧与惆怅，眉，没有一分钟过去不带着想你的痴情，眉，上山，听泉，折花，望远，看星，独步，嗅草，捕虫，寻梦——哪一处没有你，眉，哪一处不惦着你眉，哪一个心跳不是为着你眉！

我一定得造成你眉；旁人的闲话我愈听愈恼，愈愤愈自信！眉，交给我你的手，我引你到更高处去，我要你托胆地完全信任地把你的手交给我。

我没有别的方法，我就有爱；没有别的天才，就是爱；没有别的能耐，只是爱；没有别的动力，只是爱。

我是极空洞的一个穷人，我也是一个极充实的富人——

我有的只是爱。

眉，这一潭清冽的泉水，你不来洗濯谁来，你不来解渴谁来，你不来照形谁来！

我白天想望的，晚间祈祷的，梦中缠绵的，平日神往的——只是爱的成功，那就是生命的成功。

是真爱不能没有力量，是真爱不能没有悲剧的倾向。

眉，“先生”说你意志不坚强，所以目前逢着有阻力的环境倒是好的，因为有阻力的环境是激发意志最强的一个力量，假如阻力再不能激发意志时，那事情也就不易了。这时候各界的看法各各不同，眉，你觉出了没有？有绝对怀疑的，有相对怀疑的，有部分同情的，有完全同情的（那很少，除是老K），有嫉忌的，有阴谋破坏的（那最危险），有肯积极助成的，有愿消极帮忙的……都有。但是，眉，听着，一切都跟着你我自身走，只要你我有意志，有气，有勇，加在一个真的情爱上，什么事不成功，真的！

有你在我的怀中，虽则不过几秒钟，我的心头便没有忧愁的踪迹；你不在我的当前，我的心就像挂灯似的悬着。

你为什么不抽空给我写一点？不论多少，抱着你的思想与抱着你的温柔的肉体，同样是我这辈子无上的快乐。

往高处走，眉，往高处走！

我不愿意你过分“爱物”，不愿意你随便花钱，无形中养成“想什么非要到什么不可”的习惯；我将来决不会怎样赚钱的，即使有机会我也不来，因为我认定奢侈的生活不是高尚的生活。

爱，在俭朴的生活中，是有真生命的，像一朵朝露浸着的小草花；在奢华的生活中，即使有爱，不能纯粹，不能自然，像是热屋子里烘出来的花，一半天就衰萎的忧愁。

论精神我主张贵族主义，谈物质我主张平民主义。

眉，你闲着时候想一想，你会不会有一天厌弃你的摩。

不要怕想，想是领到“通”的路上去的。

爱朋友怜惜与照顾也得有个限度，否则就有界限不分明的危险。

小的地方要防，正因为小的地方容易忽略。

八月二十八日

这生活真闷死得人，下午等你消息不来时我反扑在床上，凄凉极了，心跳得飞快，在迷惘中呻吟着“Let me die，let me die. O love！”[1]

眉，你的舌头上生疱，说话不利便；我的舌头上不生疱，说话一样的不能出口，我只能连声地叫你，眉，眉，你听着了没有？

为谁憔悴？眉，今天有不少人说我。

老太爷防贼有功，应赏反穿黄马褂！

心里只是一束乱麻，叫我如何定心做事。

“南边去防口实”，咳眉，这回再要“以不了了之”，我真该投身西湖做死鬼去了，我本想在南行前写完这本日记的，但看情形怕不易了，眉，这本子里不少我的呕心血的话，你要是随便翻过的话，我的心血就白呕了！

[1] 让我死吧，让我死吧。哦，爱情！

八月二十九日

眉，今天今晚我释然得很。

八月三十一日

眉，今晚我只是“爽然”！“如此星辰非昨夜，为谁风露立终宵”，多凄凉的情调呀！北海月色荷香，再会了！

织女与牛郎，清浅一水隔，相对两无言，盈盈复脉脉。

一九二五年九月五日至十七日・上海

九月五日

前几天真不知是怎样过的，眉呀，昨晚到站时“谭谭”背给我听你的来电，他不懂得末尾那个眉字，瞎猜是密码还是什么，我真忍不住笑了——好久不笑了眉，你的摩。

“先生”真可人，“一切如意——珍重——眉”多可爱呀，救命王菩萨，我的眉！这世界毕竟不是骗人的，我心里又漾着一阵甜味儿，痒齐齐怪难受的，飞一个吻给我至爱的眉，我感谢上苍，真厚待我，眉终究不负我，忍不住又独自笑了。昨夜我住在蒋家，覆去翻来老想着你，哪睡得着，连着蜜甜地叫你嗔你亲你，你知道不，我的爱？

今天挨过好不容易，直到十一时半你的信才来，阿弥陀佛，我上天了。我一撕开信就见着你肥肥的字迹我就乐。我妈坐在我对桌，我爸躺在床上同声笑着骂了：“谁来看你信，这鬼鬼祟祟的干么！”我倒怪不好意思的，念你信时我面上一定很有表情，一忽儿紧皱着眉头，一忽儿笑逐颜开，妈准递眼风给爸笑话我哪！

眉，我真心的小龙，这来才是推开云雾见青天了！我心花怒放就不用提了，眉，我恨不得立刻搂着你，亲你一个气都喘不回来，我的至宝，我的心血，这才是我的好龙儿哪！

你那里是披心沥胆，我这里也打开心肠来收受你的至诚——同时我也不敢不感激我们的“红娘”，他真是你我的恩人——你我还不争气一些!

说也真怪，昨天还是在昏沉地狱里坑着的，这来勇气全回来了，你答应了我的话，你给了我交代，我还不听你话向前做事去，眉，你放心，你的摩也不能不给你一个好“交代！”

今天我对P全讲了，他明白，他说有办法，可不知什么办法!

真厌死人，娘还得跟了来！我本想到南京去接你的，她若来时我连上车站都不便，这多气人，可是我听你话，眉，如今我完全听你话，你要我怎办就怎办，我完全信托你，我耐着——为着你眉。

眉，你几时才能再给我一个甜甜的——我急了!

九月八日

风波，恶风波。

眉，方才听说你在先施吃冰淇淋剪发，我也放心了；昨晚我说——“The absolute way out is the best way out。”[1]

我意思是要你死，你既不能死，那你就活；现在情形大概你也活得过去，你也不需我保护；我为你已经在我的灵魂上涂上一大搭的窑煤，我等于说了谎，我想我至少是对得住你的；这也是种气使然，有行动时只是往下爬，永远不能向上争，我只能暂时洒一滴创心的悲泪，拿一块冷笑的毛毡包起我那流鲜血的心，等着再看随后的变化吧。

我此时竟想立刻跑开，远着你们，至少让“你的”几位安安心；我也不写信给你，也没法写信；我也不想报复，虽则你娘的横蛮真叫人发指；我也不要安慰，我自己会骗自己的，罢了，罢了，真罢了！

一切人的生活都是说谎打底的，志摩，你这个痴子妄想拿真去代谎，结果你自己轮着双层的大谎，罢了，罢了，真罢了！

[1] 唯一的出路就是最好的出路。

眉，难道这就是你我的下场头？难道老婆婆的一条命就活活地吓倒了我们，真的蛮横压得倒真情吗？

眉，我现在只想在什么时候再有机会抱着你痛哭一场——我此时忍不住悲泪直流，你是弱者眉，我更是弱者的弱者，我还有什么面目见朋友去，还有什么心肠做事情去——

罢了，罢了，真罢了！

眉，留着你半夜惊醒时一颗凄凉的眼泪给我吧，你不幸的爱人！

眉，你镜子里照照，你眼珠里有我的眼水没有？

唉，再见吧！

九月九日

今晚许见着你，眉，叫我怎样好！Z说我非但近痴，简直已经痴了。方才爸爸进来问我写什么，我说日记，他要看前面的题字，没法给他看了，他指了指“眉”字，笑了笑，用手打了我一下。爸爸真通人情，前夜我没回家他急得什么似的一晚没睡，他说替我“捏着一大把汗”，后来问我怎样，我说没事，他说“你额上亮着哪”，他又对我说“像你这样年纪，身边女人是应得有一个的，但可不能胡闹，以后，有夫之妇总以少接近为是”。我当然不能对他细讲，点点头算数。

昨晚我叫梦象缠得真苦，眉你真害苦了我，叫我怎生才是？我真想与你与你们一家人形迹上完全绝交，能躲避处躲避，免不了见面时也只随便敷衍，我恨你的娘刺骨，要不为你爱我，我要叫她认识我的厉害！等着吧，总有一天报复的！

我见人都觉着尴尬，了解的朋友又少，真苦死。前天我急极时忽然想起了LY，她多少是个有侠气的女子，她或能帮忙，比如代通消息，但我现在简直连信都不想给你通了，我这里还记着日记，你那里恐怕连想我都没有时候了，唉，我一想起你那专暴淫蛮的娘！

我来扬子江边买一把莲蓬；

手剥一层层的莲衣，

看江鸥在眼前飞，

忍含着一眼悲泪——

我想着你，我想着你，啊小龙！

我尝一尝莲瓣，回味曾经的温存——

那阶前不卷的重帘，

掩护着销魂的欢恋，

我又听着你的盟言：

“永远是你的，我的身体，我的灵魂。”

我尝一尝莲心，我的心比莲心苦，

我长夜里怔忡，

挣不开的恶梦；

谁知我的苦痛！

你害了我，爱，这是叫我如何过？

但我不能说你负，更不能猜你变；

我心头只是一片柔。

你是我的！我依旧

将你紧紧地抱搂；

除非是天翻，但我不能想象那一天！

九月四日

沪宁道上

九月十日

“受罪受大了！”受罪受大了，我也这么说。眉呀，昨晚席间我浑身的肉都颤动了，差一点不曾爆裂，说也怪，我本不想与你说话的，但等到你对我开口时，我闷在心里的话一句都说不上来，我睁着眼看你来，睁着眼看你去，谁知道你我的心！

有一点我却不甚懂，照这情形绝望是定的了，但你的口气还不是那样子，难道你另外又想出了路子来？我真想不出。

九月十一日

眉，你到底是什么回事？你眼看着我流泪晶晶的说话的时候，我似乎懂得你，但转瞬间又模糊了；不说别的，就这现亏我就吃定的了，“总有一天报答你”——那一天不是今天，更有哪一天？我心只是放不下，我明天还得对你说话。

事态的变化真是不可逆料，难道真有命的不成？昨晚在M外院微光中，你铄亮的眼对着我，你温热的身子亲着我，你说“除非立刻跑”那话就像电火似的照亮了我的心，那一刹那间，我乐极，什么都忘了，因为昨天下午你在慕尔鸣路上那神态真叫我有些诧异，你一边咬得那样定，你心里究竟是什么一回事呢？所以我忍不住（怕你真又糊涂了）写了封信给他，亲自跑去送信，本不想见你的，他昨晚态度倒不错，承他的情，我又占了你至少五分钟，但我昨晚一晚只是睡不着，就惦着怎样“跑”。我想起大连，想叫“先生”下来帮着我们一点，这样那样尽想，连我们在大连租的屋子，相互的生活，都一一影片似的翻上心来。今天我一早出门还以为有几分希冀，这冒险的意思把我的心搔得直发痒，可万想不到说谎时是这般田地，说了真话还是这般田地，真是麻维勒斯[1]了！

我心里只是一团谜，我爸我娘直替我着急，悲观得凶，可我又有什么办法？咳，眉你不能成心的害我毁我；你今天还说你永远是我的，我没法不信你，况且你又有那封真挚的信，我怎能不怜着你一点，这生活真是太蹊跷了！

[1] 英文单词“marvelous”的音译，意为“不可思议的”。

九月十三日

“先生”昨晚来信，满是慰我的好意，我不能不听他的话，他懂得比我多，看得比我透，我真想暂时收拾起我的私情，做些正经事业；也叫爱我如“先生”的宽宽心，咳，我真是太对不起人了。

眉，一见你一口气就哽住了我的咽喉，什么话都说不出来了，他昨晚的态度真怪，许有什么花样，他临上马车过来与我握手的神情也顶怪的，我站着看你，心里难受就不用提了，你到底是谁的？昨晚本想与你最后说几句话，结果还是一句都说不成，只是加添了愤懑。咳，你的思想真混眉，我不能不说你。

这来我几时再见你眉？看你吧。我不放心的就是你许有彻悟的时候真要我的时候，我又不在你的身旁，那便怎办？

西湖上见得着我的眉吗？

我本来站在一个光亮的地位，你拿一个黑影子丢上我的身来，我没法摆脱……

The sufferer has no right to pessimism.[1]

这话里有电，有震醒力！

[1] 受害者没有悲观的权利。

十日在栈里作了一首诗：

今晚天上有半轮的下弦月；
我想携着她的手，
往明月多处走——
一样是清光，我想，圆满或残缺。
庭前有一树开剩的玉兰花；
她有的是爱花癖，
我忍看它的怜惜——
一样是芬芳，她说，满花与残花。
浓荫里有一只过时的夜莺；
她受了秋凉，
不如从前浏亮——
快死了，她说，但我不悔我的痴情！
但这莺，这一树残花，这半轮月——
我独自沉吟，
对着我的身影——
她在哪里呀，为什么伤悲，凋谢，残缺？

九月十六日

你今晚终究来不来？你不来时我明天走怕不得相见了；你来了又待怎样？我现在至多的想望是与你临行一诀，但看来百分里没有一分机会！你娘不来时许还有法想；她若来时什么都完了。想着真叫人气；但转想即使见面又待怎生，你还是在无情的石壁里嵌着，我没法挖你出来，多见只多尝锐利的痛苦，虽则我不怕痛苦。眉，我这来完全变了个“宿命论者”，我信人事会合有命有缘，绝对不容什么自由与意志，我现在只要想你常说那句话早些应验——“我总有一天报答你”，是的我也信，前世不论，今生是你欠我债的；你受了我的礼还不曾回答；你的盟言——“完全是你的，我的身体，我的灵魂”——还不曾实践，眉，你决不能随便堕落了，你不能负我，你的唯一的摩！我固然这辈子除了你没有受过女人的爱，同时我也自信我也该觉着我给你的爱也不是平常的，眉，真的到几时才能清账，我不是急，你要我耐我不是不能耐，但怕的是华年不驻，热情难再，到那天彼此都离朽木不远的时候再交抱，岂不是“何苦”？

我怕我的话说不到你耳边，我不知你不见我时心里想的是什么，我不能自由见你，更不能勉强你想我；但你真的能忘我吗？真的能忍心随我去休吗？眉，我真不信为什么我的运蹇如此！

我的心想不论往哪一方向走，碰着的总是你，我的甜；你呢？

在家里伴娘睡两晚，可怜，只是在梦阵里颠倒，连白天都是这怔怔的。昨天上车时，怕你在车上，初到打电话时怕你已到，到春润庐时怕你就到——这心头的回折，这无端的狂跳，有谁知道？

方才送花去，踌躇了半晌，不忍不送，却没有附信去，我想你能够懂得。

昨天在楼外楼上微醺时那凄凉味儿，眉呀，你何苦爱我来！

方才在烟霞洞与复之闲谈，他说今年红蓼红蕉都死了，紫薇也叫虫咬了，我听了又有怅触，随诌四句——

红蕉烂死紫薇病，
秋雨横斜秋风紧。
山前山后乱鸣泉，
有人独立怅空溟。

九月十七日

爸今天一定很怪我，早上没有回去，他已是不愿意，下午又没有回，他准皱眉！但他也一定有数，我为什么耽着；眉，我的眉，为你，不为你更为谁！可怜我今天去车站盼望你来，又不敢露面，心里双层的难受，结果还是白候，这时候有九时半！王福没电话来，大约又没有到，也许不叫打，我几次三番想写给你可又没法传递，咳，真苦极了，现在我立定主意走了，不管了，以后就看你了，眉呀！想不到这爱眉小札，欢欢喜喜开的篇，会有这样凄惨的结束，这一段公案到哪一天才判得清？我成天思前想后的神思愈恍惚了，再不赶快找“先生”寻安慰去，我真该疯了。眉，我有些怨你；不怨你别的，怨你在京那一个月，多难得的日子，没多给我一点平安，你想想，北海那晚上！眉，要不是你后来那封信，我真该疑你了。

今天我又发傻，独自去灵隐，直挺挺地躺在壑雷亭下那石条磴上寻梦，我过意把你那小红绢盖在脸上，妄想倩女离魂，把你变到壑雷亭下来会我！眉，你究竟怎样了，我哪里舍得下你，我这里还可以现在似的自由地写日记，你那里怕连出神的机会都没有，一个娘，一个丈夫，手挽手地给你造上一座打不破的牢墙，想着怎不叫人恚愤，你说：“Some day God will pity us.” But will there be such a day?[1]

昨晚把娘给我那玻璃翠戒指落了，真吓得我！恭喜没有掉了；我盼望有一天把小龙也捡了回来，那才真该恭喜哪。昏昏地度日，诗意尽有，写可写不成，方才凑成了四节：

昨天我冒着大雨去烟霞岭下访桂；
南高峰在烟霞中不见；
在一家松茅铺的屋沿前
我停步，问一个村姑今年
翁家山的丹桂没有去年时的媚。

那村姑先对着我身上细细地端详：
“活像个羽毛浸瘪了的鸟。”
我心里想，她，定觉得蹊跷，
在这大雨天单身走远道，
倒来没来头地问桂花今年香不香！

“客人，你运气不好，来得太迟又太早：
这里就是有名的满家弄，
往年这时候到处香得凶，
这几天连绵的雨，外加风，
弄得这稀糟，今年的早桂就算完了。”

果然这桂子林也不能给我欢喜：

[1] “总有一天上帝会可怜我们的。”但是真的有这一天吗？

枝上只见焦烂的细蕊，

看着凄惨，咳，无妄的灾，

我心想，为什么到处憔悴？——

这年头活着不易，这年头活着不易！

又凑成了一首：

再不见雷峰，雷峰坍成了一座大荒冢，

顶上有不少交抱的青葱，

顶上有不少交抱的青葱，

再不见雷峰，雷峰坍成了一座大荒冢。

发什么感慨，对着这光阴应分的摧残？

世上多的是不应分的变态；

世上多的是不应分的变态，

发什么感慨，对着这光阴应分的摧残？

发什么感慨，这塔是镇压，这坟是掩埋——

镇压还不如掩埋来得痛快；

镇压还不如掩埋来得痛快，

发什么感慨，这塔是镇压，这坟是掩埋！

再没有雷峰，雷峰从此掩埋在人的记忆中，

像曾经的梦境，曾经的爱宠；

像曾经的梦境，曾经的爱宠，

再没有雷峰，雷峰从此掩埋在人的记忆中！

02 前生的孽

一九二五年三月三日至六月二十五日

小曼：

这实在是太惨了，怎叫我爱你的不难受？假如你这番深沉的冤屈有人写成了小说故事，一定可使千百个同情的读者滴泪，何况今天我处在这最尴尬最难堪的地位，怎禁得不咬牙切齿的恨，肝肠尽断的痛心呢？真的太惨了，我的乖，你前生作的是什么孽，今生要你来受这样惨酷的报应？无端折断一枝花，尚且是残忍的行为，何况这生生地糟蹋一个最美最纯洁最可爱的灵魂。真是太难了，你的四周全是铜墙铁壁，你便有翅膀也难飞，咳，眼看着一只洁白美丽的稚羊让那满面横肉的屠夫擎着利刀向着她刀刀见血地蹂躏谋杀——旁边站着不少的看客，那羊主人也许在内，不但不动怜惜，反而称赞屠夫的手段，好像他们都挂着馋涎想分尝美味的羊羔哪！咳，这简直不能想，实有的与想象的悲惨的故事我亦闻见过不少，但我爱，你现在所身受的却是谁都不曾想到过，更有谁有胆量来写？我倒劝你早些看哈代那本Jude The Obscure[1]吧，那书里的女子Sue你一定很可同情她，哈代写的结果叫人不忍卒读，但你得明白作者的意思，将来有机会我对你细讲。

[1] 《无名的裘德》。

咳，我真不知道你申冤的日子在哪一天！实在是没有一个人能明白你，不明白也算了，一班人还来绝对地冤你，阿呸，狗屁的礼教，狗屁的家庭，狗屁的社会，去你们的，青天里白白地出太阳，这群人血管的水全是冰凉的！我现在可以放怀地对你说，我腔子里一天还有热血，你就一天有我的同情与帮助；我大胆地承受你的爱，珍重你的爱，永葆你的爱，我如其凭爱的恩惠还能从我性灵里放射出一丝一缕的光亮，这光亮全是你的，你尽量用吧！假如你能在我的人格思想里发现有些许的滋养与温暖，这也全是你的，你尽量使吧！最初我听见人家诬蔑你的时候，我就热烈地对他们宣言，我说你们听着，先前我不认识她，我没有权利替她说话，现在我认识了她，我绝对地替她辩护，我敢说如其女人的心曾经有过纯洁的，她的就是一个。Her heart is as pure and unsoiled as any women's heart can be；and her soul as noble.[1]现在更进一层了，你听着这分别，先前我自己仿佛站得高些，我的眼是往下望的，那时我怜你惜你疼你的感情是斜着下来到你身上的，渐渐地我觉得我的看法不对，我不应得站得比你高些，我只能平看着你。我站在你的正对面，我的泪丝的光芒与你的泪丝的光芒针对地交换着，你的灵性渐渐地化入了我的，我也与你一样觉悟了一个新来的影响，在我的人格中四布地贯彻；——现在我连平视都不敢了，我从你的苦恼与悲惨的情感里憬悟了你的高洁的灵魂的真际，这是上帝神光的反映，我自己不由地低降了下去，现在我只能仰着头献给你我有限的真情与真爱，声明我的惊讶与赞美。不错，勇敢，胆量，怕什么？

[1] 她的心灵和其他女子一样纯洁；她的灵魂也一样高贵。

前途当然是有光亮的，没有也得叫它有。一个灵魂有时可以到最黑暗的地狱里去游行，但一点神灵的光亮却永远在灵魂本身的中心点着——况且你不是确信你已经找着了你的真归宿，真想望，实现了你的梦？来，让这伟大的灵魂的结合毁灭一切的阻碍，创造一切的价值，往前走吧，再也不必迟疑！

你要告诉我什么，尽量地告诉我，像一条河流似的尽量把它的积聚交给天边的大海，像一朵高爽的葵花，对着和暖的阳光一瓣瓣地展露它的秘密。你要我的安慰，你当然有我的安慰，只要我有我能给；你要什么有什么，我只要你做到你自己说的一句话——“Fight on.”[1]——即使运命叫你在得到最后胜利之前碰着了不可躲避的死，我的爱，那时你就死，因为死就是成功，就是胜利。一切有我在，一切有爱在。同时你努力的方向得自己认清，再不容丝毫的含糊，让步牺牲是有的，但什么事都有个限度，有个止境；你这样一朵稀有的奇葩，绝不是为一对不明白的父母，一个不了解的丈夫牺牲来的。你对上帝负有责任，你对自己负有责任，尤其你对于你新发现的爱负有责任，你以往的牺牲已经足够，你再不能轻易糟蹋一分半分的黄金光阴。人间的关系是相对的，应职也有个道理，灵魂是要救度的，肉体也不能远让人家侮辱蹂躏，因为就是肉体也是含有灵性的。

总之一句话：时候已经到了，你得assert your own personality[2]。你的心肠太软，这是你一辈子吃亏的原因，但以后可再不能过分地

[1] 战斗吧。

[2] 为自己的人格辩护。

含糊了，因为灵与肉实在是不能绝对分家的，要不然Nora[1]何必一定得抛弃她的家，永别她的儿女，重新投入渺茫的世界里去？她为的就是她自己人格与性灵的尊严，侮辱与蹂躏是不应得容许的。且不忙慢慢地来，不必悲观，不必厌世，只要你抱定主意往前走，决不会走过头，前面有人等着你。

（以后的信，你得好好地收藏起来，将来或许有用，在你申冤出气时的将来，但暂时决不可泄漏，切切！）

摩

一九二五年三月三日

[1] 即娜拉，《玩偶之家》的主人公。

小龙：

你知道我这次想出去也不是十二分心愿的，假定老翁[1]的信早六个星期来时，我一定绝无顾恋的想走了完事；但我的胸坎间不幸也有一个心，这个脆弱的心又不幸容易受伤，这回的伤不瞒你说又是受定的了，所以我即使走也不免咬一咬牙齿忍着些心痛的。这还是关于我自己的话；你一方面我委实有些不放心，不是别的，单怕你有限的勇气敌不过环境的压迫力，结果你竟许多少不免明知故犯，该走一百里路也只能走满三四十里，这是可虑的。

龙呀：你不知道我怎样深刻的期望你勇猛地上进，怎样地相信你确有能力发展潜在的天赋，怎样地私下祷祝有一天叫这浅薄的恶俗的势利的“一般人”开着眼惊讶，闭着眼惭愧——等到那一天实现时，那不仅是你的胜利也是我的荣耀哩！聪明的小曼：千万争这口气才是！我常在身旁自然多少于你有些帮助，但暂时分别也有绝大的好处，我人去了，我的思想还是在着，只要你能容受我的思想。我这回去是补足我自己的教育，我一定加倍地努力吸收可能的滋养，我可以答应你我决不枉费我的光阴与金钱，同时我当然也期

[1] 即泰戈尔，下文中的“老头”等称谓也是指他。

望你加倍地勤奋，认清应走的方向，做一番认真的工夫试试，我们总要隔了半年再见时彼此无愧才好。你的情形固不同，但你如其真有深彻的觉悟时，你的生活习惯自然会得改变的，我信F也能多少帮助你。

我并不愿意做你的专制皇帝，落后叫你害怕讨厌，但我真想相当地督饬着你，如其你过分顽皮时，我是要打的吓！有一件事不知你能否做到，如能倒是件有益而且有趣的事，我想要你写信给我，不是平常的写法，我要你当作日记写，不仅记你的起居等等，并且记你的思想情感——能寄给我当然最好，就是不寄也好，留着等我回来时一总看，先生再批分数，你如其能做到这点意思，那我就高兴而且放心了。同时我当然有信给你，不能怎样地密，因为我在旅行时怕不能多写，但我答应选我一路感到的一部分真纯思想给你，总叫你得到了我的消息，至少暂时可以不感觉寂寞，好不好，曼？关于游历方面，我已经答应做《现代评论》的特约通讯员，大概我人到眼到的事物多少总有报告，使我这里的朋友都能分沾我经验的利益。

顶要紧是你得拉紧你自己，别让不健康的引诱摇动你，别让消极的意念过分压迫你，你要知道我们一辈子果然能真相知真了解，我们的牺牲、苦恼与努力，也就不算是枉费的了。

摩

三月四日

龙龙：

我的肝肠寸寸地断了，今晚再不好好地给你一封信，再不把我的心给你看，我就不配爱你，就不配受你的爱。我的小龙呀，这实在是太难受了，我现在不愿别的，只愿我伴着你一同吃苦——你方才心头一阵阵地作痛，我在旁边只是咬紧牙关闭着眼替你熬着，龙呀，让你血液里的讨命鬼来找着我吧，叫我眼看你这样生生地受罪，我什么意念都变了灰了！你吃现鲜鲜的苦是真的，叫我怨谁去？

离别当然是你今晚纵酒的大原因，我先前只怪我自己不留意，害你吃成这样，但转想你的苦，分明不全是酒醉的苦，假如今晚你不喝酒，我到了相当的时刻得硬着头皮对你说再会，那时你就会舒服了吗？再回头受逼迫的时候，就会比醉酒的病苦强吗？咳，你自己说的对，顶好是醉死了完事，不死也得醉，醉了多少可以自由发泄，不比死闷在心窝里好吗？所以我一想到你横竖是吃苦，我的心就硬了。我只恨你不该留这许多人一起喝，人一多就糟，要是单是你与我对喝，那时要醉就同醉，要死也死在一起，醉也是一体，死也是一体，要哭让眼泪和成一起，要心跳让你我的胸膛贴紧在一起，这不是在极苦里实现了我们想望的极乐，从醉的大门走进了大解脱的境界，只要我们灵魂合成了一体，这不就满足了我们最高的想望吗？

啊，我的龙，这时候你睡熟了没有？你的呼吸调匀了没有？你的灵魂暂时平安了没有？你知不知道你的爱正在含着两眼热泪在这深夜里和你说话，想你，疼你，安慰你，爱你？我好恨呀，这一层的隔膜，真的全是隔膜，这仿佛是你淹在水里挣扎着要命，他们却掷下瓦片石块来算是救度你，我好恨呀！这酒的力量还不够大，方才我站在旁边我是完全准备了的，我知道我的龙儿的心坎儿只嚷着“我冷呀，我要他的热胸膛偎着我，我痛呀，我要我的他搂着我，我倦呀，我要在他的手臂内得到我最想望的安息与舒服！”——但是实际上我只能在旁边站着看，我稍微的一帮助就受人干涉，意思说“不劳费心，这不关你的事，请你早去休息吧，她不用你管！”

哼，你不用我管！我这难受，你大约也有些觉着吧！

方才你接连了叫着“我不是醉，我只是难受，只是心里苦”，你那话一声声像是钢铁锥子刺着我的心：愤，慨，恨，急的各种情绪就像潮水似的涌上了胸头；那时我就觉得什么都不怕，勇气像天一般地高，只要你一句话出口什么事我都干！为你我抛弃了一切，只是本分为你我，还顾得什么性命与名誉——真的假如你方才说出了一半句着边际着颜色的话，此刻你我的命运早已变定了方向都难说哩！

你多美呀，我醉后的小龙，你那惨白的颜色与静定的眉目，使我想象起你最后解脱时的形容，使我觉着一种逼迫赞美崇拜的激震，使我觉着一种美满的和谐——龙我的至爱，将来你永诀尘俗的俄顷，不能没有我在你的最近的边旁，你最后的呼吸一定得明白报告这世间你的心是谁的，你的爱是谁的，你的灵魂是谁的！龙呀，你应当知道我是怎样地爱你，你占有我的爱，我的灵，我的肉，我的“整个儿”。永远在我爱的身旁旋转着，永久地缠绕着，真的龙龙，你已经激动了我的痴情。我说出来你不要怕，我有时真想拉你一同死去，去到绝对的死的寂灭里去实现完全的爱，去到普遍的黑暗里去寻求唯一的光明——咳，今晚要是你有一杯毒药在近旁，此时你我竟许早已在极乐世界了。说也怪，我真的不沾恋这形式的生命，我只求一个同伴，有了同伴我就情愿欣欣地瞑目；龙龙，你不是已经答应做我永久的同伴了吗？我再不能放松你，我的心肝，你是我的，你是我这一辈子唯一的成就，你是我的生命，我的诗；你完全是我的，一个个细胞都是我的——你要说半个不字叫天雷打死我完事。

我在十几个钟头内就要走了，丢开你走了，你怨我忍心不是？我也自认我这回不得不硬一硬心肠，你也明白我这回去是我精神的与知识的“散拿吐瑾”[1]。我受益就是你受益，我此去加倍地用心，你在这时期内也得加倍地奋斗，我信你的勇气，这回就是你试验、实证你勇气的机会，我人虽走，我的心不离开你，要知道在我与你的中间有的是无形的精神线，彼此的悲欢喜怒此后是会相通的，你信不信？（身无彩凤双飞翼，心有灵犀一点通。）我再也不必嘱咐，你已经有了努力的方向，我预知你一定成功，你这回冲锋上去，死了也是成功！有我在这里，阿龙，放大胆子，上前去吧，彼此不要辜负了，再会！

摩

三月十日早三时

[1] 一种药物名。

我不愿意替你规定生活，但我要你注意缰子一次拉紧了是松不得的，你得咬紧牙齿暂时对一切的游戏娱乐应酬说一声再会，你干脆的得谢绝一切的朋友。你得彻底的刻苦，你不能纵容你的Whims[1]，再不能管闲事，管闲事空惹一身骚；也再不能发脾气。记住，只要你耐得住半年，只要你决意等我，回来时一定使你满意欢喜，这都是可能的；天下没有不可能的事——只要你有信心，有勇气，腔子里有热血，灵魂里有真爱。龙呀！我的孤注就押在你的身上了！

再如失望，我的生机也该灭绝了。

最后一句话：只有S是唯一有益的真朋友。

三月十日早

[1] 任性。

眉：

方才无数美丽的雅致的信笺都叫你们抢了去，害我一片纸都找不着，此刻过西北时写一个字条给丁在君是撕下一张报纸角来写的，你看这多窘；幸亏这位先生是丁老夫子的同事，说来也是熟人，承他作成，翻了满箱子替我寻出这几张纸来，要不然我到奉天前只好搁笔，笔倒有，左边小口袋内就是一排三支。

方才那百子放得恼人，害得我这铁心汉也觉着有些心酸，你们送客的有掉眼泪的没有？（啊啊臭美！）小曼，我只见你双手掩着耳朵，满面的惊慌，惊了就不悲，所以我推想你也没掉眼泪。但在满月夜分别，咳！我孤孤单单地一挥手，你们全站着看我走，也不伸手来拉一拉，样儿也不装装，真可气。我想送我的里面，至少有一半是巴不得我走的，还有一半是“你走也好，走吧。”车出了站，我独自地晃着脑袋，看天看夜，稍微有些难受，小停也就好了。

我倒想起去年五月间那晚我离京向西时的情景：那时更凄怆些，简直可悲，我站在车尾巴上，大半个黄澄澄的月亮在东南角上升起，车轮“阁的阁的”响着，W还大声地叫“徐志摩哭了”（不确）；但我那时虽则不曾失声，眼泪可是有的。怪不得我，你知道我那时怎样的心理，仿佛一个在俄国吃了大败仗往后退的拿破仑，天茫茫，地茫茫，心更茫茫，叫我不掉眼泪怎么着？但今夜可不同，上次是向西，向西是追落日，你碰破了脑袋都追不着，今晚是向东，向东是迎朝日，只要你认定方向，伸着手膀迎上去，迟早一轮旭红的朝日会得涌入你的怀中的。这一有希望，心头就痛快，暂时的小悱恻也就上口有味。半酸不甜的。生滋滋的像是啃大鲜果，有味！

娘那里真得替我磕脑袋道歉，我不但存心去恭恭敬敬地辞行，我还预备了一番话要对她说哪，谁知道下午六神无主地把她忘了，难怪令尊大人相信我是荒唐，这还不够荒唐吗？你替我告罪去，我真不应该，你有什么神通，小曼，可以替我“包荒”？

天津已经过了，（以上是昨晚写的，写至此，倦不可支，闭目就睡，睡醒便坐着发呆地想，再隔一两点钟就过奉天了。）韩所长现在车上，真巧，这一路有他同行，不怕了，方才我想打电话，我的确打了，你没有接着吗？往窗外望，左边黄澄澄的土直到天边，右边黄澄澄的地直到天边；这半天，天色也不清明，叫人看着生闷。方才遥望锦州城那座塔，有些像西湖上那座雷峰，像那倒坍了的雷峰，这又增添了我无限的惆怅。但我这独自的吁嗟，有谁听着来？

你今天上我的屋子里去过没有？希望沈先生已经把我的东西收拾起来，一切零星小件可以塞在那两个手提箱里，没有钥匙，贴上张封条也好，存在社里楼上我想够妥当了。还有我的书顶好也想法子点一点。你知道我怎样地爱书，我最恨叫人随便拖散，除了一两个我准许随便拿的（你自己一个）之外，一概不许借出，这你得告诉沈先生。到少得过一个多月才能盼望看你的信，这还不是刑罚！你快写了寄吧，别忘“Via Siboria”[1]，要不是一信就得走两个月。

志摩

星二奉天

[1] 经由西伯利亚。

曼：

叫我写什么呢？咳！今天一早到哈，上半天忙着换钱，一个人坐着吃过两块糖，口里怪腻烦的，心里不很好过。国境不曾出，已经是举目无亲的了，再下去益发凄惨，赶快写信吧，干闷着也不是道理。但是写什么呢？写感情是写不完的，还是写事情的好。

日记大纲

星一　松树胡同七号分赃，车站送行百子响，小曼掩耳朵。

星二　睡至十二时正，饭车里碰见老韩，夜十二时到奉天，住日本旅馆。

星三　早上大雪缤纷，独坐洋车进城闲逛，三时与韩同行去长春。车上赌纸牌，输钱，头痛。看两边雪景，一轮日。夜十时换俄国车吃美味柠檬茶。睡着小凉，出涕。

星四　早到哈，韩侍从甚盛。去懋业银行，予犹太鬼换钱买糖，吃饭，写信。

韩事未了，需迟一星期。我先走，今晚独去满洲里，后日即入西伯利亚了。这次是命定不得同伴，也好，可以省唾液，少谈天，多想，多写，多读。真倦，才在沙发上入梦，白天又沉西，距车行还有六个钟头叫我干什么去?

说话一不通，原来机灵人，也变成了木松松。我本来就机灵，这来去俄国真像呆徒了。今早撞进一家糖果铺去，一位卖糖的姑娘黄头发白围裙，来得标致；我晓风里进来，本有些冻嘴，见了她爽性愣住了，愣了半天，不得要领，她都笑了。

不长胡子真吃亏，问我哪儿来的，我说北京大学，谁都拿我当学生看。今天早上在一家钱铺子里一群犹太人，围着我问话，当然只当我是个小孩，后来一见我护照上填着“大学教授”，他们一齐吃惊，改容相待，你说不有趣吗？我爱这儿尖屁股的小马车，顶好要一个戴大皮帽的大俄鬼子赶，这满街乱跳，什么时候都可以翻车，看了真有意思，坐着更好玩。中午我闯进一家俄国饭店去，一大群涂脂抹粉的俄国女人全抬起头看我，吓得我直往外退出门逃走了。我从来不看女人的鞋帽，今天居然看了半天，有一顶红的真俏皮。寻书铺，不得。我只好寄一本糖书去，糖可真坏，留着那本书吧。这信迟四天可以到京，此后就远了，好好地自己保重吧，小曼，我的心神摇摇的仿佛不曾离京，今晚可以见你们似的，再会吧!

摩

三月十二日

小曼：

昨夜过满洲里，有冯定一招呼，他也认识你的。难关总算过了，但一路来还是小心翼翼地只怕“红先生”们打进门来麻烦，多谢天，到现在为止，一切平安顺利。今天下午三时到赤塔，也有朋友来招呼，这国际通车真不坏，我运气格外好，独自一间大屋子，舒服极了。我闭着眼想，假如我有一天与“她”度蜜月，就这西伯利亚也不坏；天冷算什么？心窝里热就够了！路上饮食可有些麻烦，昨夜到今天下午简直没东西吃，我这茶桶没有茶灌顶难过，昨夜真饿，翻箱子也翻不出吃的来，就只陈博生送我的那罐福建肉松伺候着我，但那干柬柬的，也没法子吃。想起倒有些怨你青果也不曾给我买几个；上床睡时没得睡衣换，又得怨你那几天你出了神，一点也不中用了。但是我决不怪你，你知道，我随便这么说就是了。

同车有一个意大利人极有趣，很谈得上。他的胡子比你头发多得多，他吃烟的时候我老怕他着火，德国人有好几个，蠢的多，中国人有两个（学生），不相干。英美法人一个都没有。再过六天，就到莫斯科，我还想到彼得堡去玩哪！这回真可惜了，早知道西伯利亚这样容易走，我理清一个提包，把小曼装在里面带走不好吗？不说笑话，我走了以后你这几天的生活怎样的过法？我时刻都惦记着你，你赶快写信寄英国吧，要是我人到英国没有你的信，那我可真要怨了。你几时搬回家去，既然决定搬，早搬为是，房子收拾整齐些，好定心读书做事。这几天身体怎样？散拿吐瑾一定得不间断地吃，记着我的话！心跳还来否？什么细小事情都愿意你告诉我。能定心地写几篇小说，不管好坏，我一定有奖，你见着的是哪几个人，戏看否？早上什么时候起来，都得告诉我。我想给晨报写通信，老是提心不起，火车里写东西真不容易，家信也懒得写，可否恳你的情，常常为我转告我的客中情形，写信寄浙江硖石徐申如[1]先生。说起我临行忘了一本金冬心梅花册，他的梅花真美，不信我画几朵你看。

摩

三月十四日

[1] 徐志摩的父亲。

小曼：

好几天没信寄你，但我这几天真是想家得厉害。每晚（白天也是的）一闭上眼就回北京，什么奇怪的花样都会在梦里变出来。曼，这西伯利亚的充军，真有些儿苦，我又晕车，看书不舒服，写东西更烦，车上空气又坏，东西也难吃，这真是何苦来。同车的人不是带着家眷便是回家去的，他们在车上多过一天便离家近一天，就只我这傻瓜甘心抛去暖和热闹的北京，到这荒凉境界里来叫苦！

再隔一个星期到柏林，又得对付她[1]了；小曼，你懂得不是？这一来柏林又变了一个无趣味的难关，所以总要到意大利等着老头以后，我才能鼓起游兴来玩；但这单身的玩，兴趣终是有限的，我要是一年前出来，我的心里就不同，那时倒是破釜沉舟的决绝，不比这一次身心两处，梦魂都不得安稳。

但是曼，你们放心，我决不颓丧，更不追悔，这次欧游的教育是不可少的，稍微吃点了苦算什么，那还不是应该的。你知道我并没有多么不可动摇的大天才，我这两年的文字生活差不多是逼出来的，要不是私下里吃苦，命途上颠仆，谁知道我灵魂里有没有音

[1] 指当时在柏林留学的徐志摩前妻张幼仪。

乐？安乐是害人的，像我最近在北京的生活是不可以为常的，假如我新月社的生活继续下去，要不了两年，徐志摩不堕落也堕落了，我的笔尖上再也没有光芒，我的心上再没有新鲜的跳动，那我就完了——“泯然众人矣”！到那时候我一定自惭形秽，再也不敢谬托谁的知己，竟许在政治场中鬼混，涂上满面的窑煤——咳，那才叫做出丑哩！要知道堕落也得有天才，许多人连堕落都不够资格。我自信我够，所以更危险。因此我力自振拔，这回出来清一清头脑，补足了我的教育再说——爱我的，期望我成才的，都好像是我的恩主，又像债主，我真的又感激又怕他们！小曼，你也得尽你的力量帮助我往清明的天空上腾，谨防我一滑足陷入泥深潭，从此不得救度。小曼，你知道我绝对不慕荣华，不羡名利——我只求对得起我自己。

将来我回国后的生活，的确是问题，照我自己理想，简直想丢开北京，你不知道我多么爱山林的清静。前年我在家乡山中，去年在庐山时，我的性灵是天天新鲜天天活动的。创作是一种无上的快乐，何况这自然而然像山溪似的流着——我只要一天出产一首短诗，我就满意。所以我想望欧洲回去后到西湖山里（离家近些）去住几时。但须有一个条件，至少得有一个人陪着我；在山林清幽处与一如意友人共处——是我理想的幸福，也是培养、保全一个诗人性灵的必要生活，你说是否，小曼？

朋友像S.M他们，固然他们也很爱我器重我，但他们却不了解我——他们期望我做一点事业，譬如要我办报等等，但他们哪能知道我灵魂的想望？我真的志愿，他们永远端详不到的。男朋友里真望我的，怕只有B一个，女友里S是我一个同志，但我现在只想望

“她”能做我的伴侣，给我安慰，给我快乐，除了“她”这茫茫大地上叫我更问谁要去？

这类话暂且不提，我来讲些车上的情形给你听听。——我上一封信上不是说在这国际车上我独占一大间卧室舒服极了不是？好，乐极生悲，昨晚就来了报应！昨夜到一个大站，那地名不知有多长，我怎样也念不上来。未到以前就有人来警告我说前站有两个客人上前，你的独占得满期了。我就起了恐慌，去问那和善的老车役，他张着口对我笑笑说：“不错，有两个客人要到你房里，而且是两位老太太！”（此地是男女同房的，不管是谁！）我说你不要开玩笑，他说：“那你看着，要是老太太还算是你的幸气，在这样荒凉的地方，哪里有好客人来。”过了一程，车到了站。我下去散步回来，果然，房间里有了新来的行李，一只帆布提箱，两大铺盖，一只篾篮装食物的，我看这情形不对，就问间壁房里人来了些什么客人，间壁住了肥美的德国太太，回答我“来人不是好对付的，先生这回怕要受苦了！”不像是好对付的，唉？来了，两位，一矮，一高，矮的青脸，高的黑脸，青的穿黑，黑的穿青，一个像老母鸭，一个像猫头鹰，衣襟上都戴着列宁小照的御章，分明是红党里的将军！

我马上陪笑脸，凑上去说话，不成，高的那位只会三句英语，青脸的那位一字不提，说了半天，不得要领。再过一歇，他们在饭厅里，我回房，老车役进来铺床，他就笑着问我：“那两位老太太好不好？”我恨恨的说：“别趣了，我真着急，不知来人是什么路道？”正说时，他掀起一个垫子，露出两柄明晃晃上足子弹的手枪，他就拿在手里，一头笑着说：“你看，他们就是这个路道！”

今天早上醒来，恭喜我的头还是好好地在我的脖子上安着。小曼，你要看了他们两位好汉的尊容，准吓得你心跳，浑身颤抖！俄国的东西贵死了，可恨！车里饭坏得不成话，贵得更不成话，一杯可可五毫钱像泥水，还得看崽者大爷们的嘴脸！地方是真冷，决不是人住的！一路风景可真美，我想专写一封《晨报》通信，讲西伯利亚。

小曼，现在我这里下午六时，北京约在八时半，你许正在吃饭，同谁？讲些什么？为什么我听不见？咳！我恨不得——不写了。一心只想到狄更生那里看信去！

志摩

三月十八日

小曼：

柏林第一晚。一时半。方才送C女士[1]回去，可怜不幸的母亲，三岁的小孩子只剩了一撮冷灰，一周前死的。她今天挂着两行眼泪等我，好不凄惨；只要早一周到，还可见着可爱的小脸儿，一面也不得见，这是哪里说起？他人缘倒有，前天有八十人送他的殡，说也奇怪，凡是见过他的，不论是中国人德国人，都爱极了他，他死了街坊都出眼泪，没一个不说的不曾见过那样聪明可爱的孩子。曼，你也没福，否则你也一定乐意看见这样一个孩儿的——他的相片明后天寄去，你为我珍藏着吧。真可怜，为他病也不知有几十晚不会阖眼，瘦得什么似的，她到这时还不能相信，昏昏的只似在梦中过活。小孩儿的保姆比她悲伤更切。她是一个四十左右的老姑娘，先前爱上了一个人，不得回音，足足地痴等这六七年，好容易得着了宝贝，容受他母性的爱；她整天地在他身上用心尽力，每晚每早为他祷告，如今两手空空的，两眼汪汪的，连祷告都无从开口，因为上帝待她太惨酷了。我今天赶来哭他，半是伤心，半是惨目，也算是天罚我了。

[1] 即张幼仪。

唉！家里有电报去，堂上知道了更不知怎样地悲惨，急切又没有相当人去安慰他们，真是可怜！曼！你为我写封信去吧，好么？听说泰戈尔也在南方病着，我赶快得去，回头老人又有什么长短，我这回到欧洲来，岂不是老小两空！而且我深怕这兆头不好呢。

C可是一个有志气有胆量的女子，她这两年来进步不少，独立的步子已经站得稳，思想确有通道，这是朋友的好处，老K的力量最大，不亚于我自己的。她现在真是“什么都不怕”，将来准备丢几个炸弹，惊惊中国鼠胆的社会，你们看着吧！

柏林还是旧柏林，但贵贱差得太远了，先前花四毛现在得花六元八元，你信不信？

小曼，对你不起，收到这样一封悲惨乏味的信，但是我知道你一定生气我补这句话，因为你是最柔情不过的，我掉眼泪的地方你也免不了掉，我闷气的时候你也不免闷气，是不是？

今晚与C看茶花女的乐剧解闷，闷却并不解。明儿有好戏看，那是萧伯纳的Jean Darc[1]，柏林的咖啡（叫Macca）真好，Peach Melba[2]也不坏，就是太贵。

今年江南的春梅都看不到，你多多寄些给我才是！

志摩

三月廿六日

[1] 《圣女贞德》。

[2] 一种水蜜桃甜点。

小曼：

我一个人在伦敦瞎逛，现在在“采花楼”一个人喝乌龙茶等吃饭。再隔一点钟，去看John Barrymore的*Hamlet*[1]。这次到英国来就为看戏。你要一时不得我的信，我怕你有些着急，我也不知怎的总是懒得动笔，虽则我没有一天不想把那天的经验整个儿告诉你。说也奇怪，我还是每晚做梦回北京，十次里有九次见着你，每次的情形，总令人难过。真的。像C他们说我只到欧洲来了一双腿，“心”有别用的，还说肠胃都不曾带来，因为我胃口不好！你们那里有谁做梦会见我的魂没有？我也愿意知道。我到现在还不曾接到中国来的半个字；怕掉了，我真着急。我想别人也许没有信，小曼你总该有，可是到哪一天才能得到你的信我自己都不知道！我这次来一路上坟送葬，惘惘极了，我有一天想立刻买票到印度去还了愿心完事；又想立刻回头赶回中国，也许有机会与你一同到小林深处过夏去，强如在欧洲做流氓。其实到今天为止我也是没有想定要流到哪里去，感情是我的指南，冲动是我的风！

这永远是今日不知明日事的办法。印度我总得去，老头在不在

[1] 约翰·巴里摩尔主演的《哈姆雷特》。

我都得去，这比菩萨面前许下的愿心还要紧。照我现在的主意是至迟六月初动身到印度，八九月间可回国，那就快乐了。

我前晚到伦敦的，这里大半朋友全不在，春假旅行去了。

只见着那美术家Roger Fry[1]，翻中国诗的Arthur Waley[2]。昨晚我住在他那里，今晚又得做流氓了。今天看完了戏，明早就回巴黎，张女士等着要跟我上意大利玩去。我们打算先玩威尼斯，再去佛洛伦与罗马，她只有两星期就得回柏林去上学，我一个人还得往南；想到Sicily[3]去洗澡，再回头来。我这一时一点心的平安都没有，烦极了，“先生”那里信也一封没有着笔，诗半行也没有——如其有什么可提的成绩，也许就只晚上的梦，那倒不少，并且多的是花样，要是有法子理下来时，早已成书了。

这回旅行太糟了，本来的打算多如意多美，泰戈尔一跑，我就没了落儿，我倒不怨他，我怨的他的书记那恩厚之小鬼，一面催我出来，一面让老头回去，也不给我个消息，害我白跑一趟。同时他倒舒服，你知道他本来是个不名一文的光棍，现在可大抖了，他做了Mrs. Willard[4]的老爷，她是全世界最富女人的一个，在美国顶有名的。这小鬼不是平地一声雷，脑袋上都装了金了吗？我有电报给他，已经四天了，也不得回电，想是在蜜月里蜜昏了，哪晓得我在这儿空宕。

小曼你近来怎样？身体怎样？你的心跳病我最怕，你知道你

[1] 罗杰·弗莱，英国著名艺术史家和美学家。

[2] 阿瑟·韦利，英国汉学家，致力于把中国古典名著翻译成英文。

[3] 西西里。

[4] 威拉德太太，美国富孀。

每日一发病，我的心好像也掉了下去似的。近来发不发？我盼望不再来了。你的心绪怎样？这话其实不必问，不问我也猜着。真是要命，这距离不是假的，一封信来回，至少得四十天，我问话也没有用，还不如到梦里去问吧！说起现在无线电的应用真是可惊，我在伦敦可以听到北京饭店礼拜天下午的音乐或是旧金山市政所里的演说，你说奇不奇？现在德国差不多每家都装了听音机，就是限制（每天报什么时候听什么）并且自己不能发电，将来我想无线电话有了普遍的设备，距离与空间就不成问题了。

比如我在伦敦，就可以要北京电话，与你直接谈天你说多美！

在曼殊斐儿坟前写的那张信片到了没有？我想另作一首诗。

但是你可知道她的丈夫已经再娶了，也是一个有钱的女人。那虽则没有什么，曼殊斐儿也不会见怪，但我总觉得有些尴尬，我的东道都输了。你那篇Something Childish[1]改好没有？近来做些什么事？英国寒碜得很，没有东西寄给你，到了意大利再寄好玩儿的给你，你乖乖地等着吧！

摩

四月十日

伦敦

[1] 有些孩子气的东西。

小曼:

W的回电来后，又是四五天了，我早晚忧巴巴地只是盼着信，偏偏信影子都不见，难道你从四月十三写信以后，就没有力量提笔？W的信是二十三，正是你进协和的第二天，他说等“明天”医生报告病情，再给我写信，只要他或你自己上月寄出信，此时也该到了，真闷煞人！

回电当然是个安慰，否则我这几天哪有安静日子过？电文只说“一切平安”，至少你没有危险了是可以断定的，但你的病情究竟怎样，进院后医治见效否，此时已否出院，已能照常行动否，我都急着要知道，但急偏不得知道，这多别扭！

小曼：这回苦了你，我想你病中一定格外地想念我，你哭了没有？我想一定有的，因为我在这里只要上床一时睡不着，就叫曼，曼不答应我，就有些心酸，何况你在病中呢？早知你有这场病，我就不应离京，我老是怕你病倒，但是总希望你可以逃过，谁知你还是一样吃苦，为什么你不等着我在你身边的时候生病？

这话问得没理，我知道我也不一定会得侍候病人，但是我真想倘如有机会伴着你养病，就是乐趣。你枕头歪了，我可以替你理正，你要水喝，我可以拿给你，你不厌烦我念书给你听，你睡着了我轻轻地掩上了门，有人送花来我给你装进瓶子去；现在我没福享受这种想象中的逸趣，将来或许我病倒了，你来伴我也是一样的。你此番病中有谁侍候着你？娘总常常在你身边，但她也得管家，朋友中大约有些人是常来的，你病中感念一定很多，但不想也就忘了。

近来不说功课，不说日记，连信都没有，可见你病得真乏了。你最后倚病勉强写的那两封信，字迹潦草，看出你腕劲一些也没有，真可怜，曼呀，我那时真着急，简直怕你死，你可不能死，你答应为我活着。你现在又多了一个仇敌——病，那也得你用意志力量来奋斗的，你究竟年轻，你的伤损容易养得过来的，千万不要过于伤感。病中面色是总不好看的，那也没法，你就少照镜子，等精神回来的时候，再自己看自己也不迟。你现在虽则瘦，还是可以回复你的丰腴的，只要你生活根本地改样。

我月初连着寄的长信，应该连续地到了，但你的回信不知要到什么时候才来，想着真急。据有人说娘疑心我的信激成你的病的，所以常在那里查问我；我的信不会丢漏的么？我盼望寄你的信只有你看见再没有第二人看，不是看不得，是不愿意叫人家随便讲闲话，是真的。但你这回可真得坚决了，我上封信要你跟W来欧，你仔细想过没有？这是你一生的一个大关键。俗语说的快刀斩乱丝，再痛快不过的。我不愿意你再有踌躇，上帝帮助能自助的人，只要你站起来就有人在你前面领路。W真是“解人”，要不是他，岂不是我你在两地着急，叫天天不应的多苦；现在有他做你的红娘，你也够放心，我真盼望你们俩一同到欧洲来，我一定请你们喝香槟接风，有好消息时，最好打电报来就可以。

B在瑞士，月初或到斐伦翠[1]来，我们许同游欧洲再报告你。盼望你早已健全，我永远在你的身边，我的曼。

摩

五月二十六日

[1] 佛罗伦萨，也被徐志摩写作“翡冷翠”。

曼：

我唯一的爱龙，你真得救我了！我这几天的日子也不知怎样过的，一半是痴子，一半是疯子，整天昏昏的，惘惘的，只想着我爱你，你知道吗？早上梦醒来，套上眼镜，衣服也不换就到楼下去看信——照例是失望，那就好比几百斤的石子压上了心去，一阵子悲痛，赶快回头躲进了被窝，抱住了枕头叫着我爱的名字，心头火热的浑身冰冷的，眼泪就冒了出来，这一天的希冀又没了。说不出的难受，恨不得睡着从此不醒，做梦倒可以自由些。龙呀，你好吗？为什么我这心惊肉跳的一息也忘不了你，总觉得有什么事不曾做妥当或是你那里有什么事似的。龙呀，我想死你了，你再不救我，谁来救我？为什么你信寄得这样稀？笔这样懒？我知道你在家忙不过来，家里人烦着你，朋友们烦着你，等得清静的时候你自己也倦了；但是你要知道你那里日子过得容易，我这孤鬼在这里，把一个心悬在那里收不回来，平均一个月盼不到一封信，你说能不能怪我抱怨？龙呀，时候到了，这是我们，你与我，自己顾全自己的时候，再没有功夫去敷衍人了。现在时候到了，你我应当再也不怕得罪人——哼，别说得罪人，到必要时天地都得捣烂他哪！

龙呀，你好吗？为什么我心里老是这怔怔的？我想你亲自给我一个电报，也不曾想着——我倒知道你又做了好几身时式的裙子！你不能忘我，爱，你忘了我，我的天地都昏黑了，你一定骂我不该这样说话，我也知道，但你得原谅我，因为我其实是急慌了。（昨晚写得墨水干了所以停的。）

走后我简直是“行尸走肉”，有时到赛因河边去看水，有时到清凉的墓园里默想。这里的中国人，除了老K都不是我的朋友，偏偏老K整天做工，夜里又得早睡，因此也不易见着他。昨晚去听了一个Opera叫Tristan and Isolde[1]。音乐，唱都好，我听着浑身只发冷劲，第三幕Tristan快死的时候，Isolde从海湾里转出来拼了命来找她的情人，穿一身浅蓝带长袖的罗衫——我只当是我自己的小龙，赶着我不曾脱气的时候，来搂抱我的躯壳与灵魂——那一阵子寒冰刺骨似的冷，我真的变了戏里的Tristan了！

那本戏是最出名的“情死”剧（Love—Death），Tristan与Isolde因为不能在这世界上实现爱，他们就死，到死里去实现更绝对的爱，伟大极了，猖狂极了，真是“惊天动地”的概念，“惊心动魄”的音乐。龙，下回你来，我一定伴你专看这戏，现在先寄给你本子，不长，你可以先看一遍。你看懂这戏的意义，你就懂得恋爱最高，最超脱，最神圣的境界；几时我再与你细谈。

龙儿，你究竟认真看了我的信没有？为什么回信还不来？你要是懂得我，信我，那你决不能再让你自己多过一半天糊涂的日子；我并不敢逼迫你做这样，做那样，但如果你我间的恋情是真的，那它一定有力量，有力量打破一切的阻碍，即使得渡过死的海，你我

[1] 《崔斯坦和伊索德》。

的灵魂也得结合在一起——爱给我们勇，能勇就是成功，要大抛弃才有大收成，大牺牲的决心是进爱境唯一的通道。我们有时候不能因循，不能躲懒，不能姑息，不能纵容“妇人之仁”。现在时候到了，龙呀，我如果往虎穴里走（为你），你能不跟着来吗?

我心思杂乱极了，笔头上也说不清，反正你懂就好了，话本来是多余的。

你决定的日子就是我们理想成功的日子——我等着你的信号，你给W看了我给你的信没有？我想从后为是，尤是这最后的几封信，我们当然不能少他的帮忙，但也得谨慎，他们的态度你何不讲给我听听。

照我的预算在三个月内（至多）你应该与我一起在巴黎!

你的心他

六月廿五日

曼：

居然被我急出了你的一封信来，我最甜的龙儿！再要不来，我的心跳病也快成功了！让我先来数一数你的信：（1）四月十九，你发病那天一张附着随后来的；（2）五月五号（邮章）；（3）五月十九至二十一（今天才到，你又忘了西伯利亚）；（4）五月二十五英文的。

我发的信只恨我没有计数，论封数比你来的多好几倍。在斐伦翠四月上半月至少有十封多是寄中街的；以后，适之来信以后，就由他邮局住址转信，到如今全是的。到巴黎后，至少已寄五六封，盼望都按期寄到。

昨天才寄信的，但今天一看了你的来信，胸中又涌起了一海的思感，一时哪说得清。第一，我怨我上几封信不该怨你少写信，说的话难免有些怨气，我知道你不会怪我的。但我一想起我的曼已是满身的病，满心的病，我这不尽责的×××，溜在海外，不分你的病，不分你的痛，倒反来怨你笔懒。——咳，我这一想起你，我唯一的宝贝，我满身的骨肉就全化成了水一般的柔情，向着你那里流去。我真恨不得剖开我的胸膛，把我爱放在我心头热血最暖处窝着，再不让你遭受些微风霜的侵暴，再不让你受些微尘埃的沾染。

曼呀，我抱着你，亲着你，你觉得吗？

我在斐伦翠知道你病，我急得什么似的，幸亏适之来了回电，才稍为放心了些。但你的病情的底细，直到今天看了你五月十九至二十一日的信才知道清楚。真苦了你，我的乖！真苦了你。但是你放心，我这次虽然不曾尽我的心，因为不在你的身旁，眼看那特权叫旁人享受了去；但是你放心，我爱！我将来有法子补我缺憾。你与我生命合成了一体以后，日子还长着哩，你可以相信我一定充分酬报你的。不得你信我急，看你信又不由我不心痛。可怜你心跳着，手抖着，眼泪咽着，还得给我写信；哪一个字里，哪一句里，我不看出我曼曼的影子。你的爱，隔着万里路的灵犀一点，简直是我的命水，全世界所有的宝贝买不到这一点子不朽的精诚。——我今天要是死了，我是要把你爱我的爱带了坟里去，做鬼也以自傲了！你用不着再来叮嘱，我信你完全的爱，我信你比如我信我的父母，信我自己，信天上的太阳；岂止，你早已成我灵魂的一部，我的影子里有你的影子，我的声音里有你的声音，我的心里有你的心；鱼不能没有水，人不能没有氧；我不能没有你的爱。

曼，你连着要我回去。你知道我不在你的身旁，我简直是如坐针毡，哪有什么乐趣？你知道我一天要咬几回牙，顿几回脚，恨不踹破了地皮，滚入了你的交抱；但我还不走，有我踌躇的理由。

曼，我上儿封信已经说得很亲切，现在不妨再说过明白。你来信最使我难受的是你多少不免绝望的口气。你身在那鬼世界的中心，也难怪你偶尔的气馁。我也不妨告诉你，这时候我想起你还是与他同住，同床共枕，我这心痛，心血都迸了出来似的！

曼，这在无形中是一把杀我的刀，你忍心吗？你说老太太的

“面子”。咳！老太太的面子——我不知道要杀灭多少性灵，流多少的人血，为要保全她的面子！不，不；我不能再忍。曼，你得替我——你的爱，与你自己，我的爱，——想一想哪！不，不；这是什么时代，我们再不能让社会拿我们血肉去祭迷信！Oh！Come，love！Assert your passion，let our love conquer; we can't suffer any longer such degradation and humiliation.[1]退步让步，也得有个止境；来！我的爱，我们手里有刀，斩断了这把乱丝才说话。——要不然，我们怎对得起给我们灵魂的上帝！是的，曼，我已经决定了，跳入油锅，上火焰山，我也得把我爱你洁净的灵魂与洁净的身子拉出来。我不敢说，我有力量救你，救你就是救我自己，力量是在爱里；再不容迟疑，爱，动手吧！我在这几天内决定我的行期，我本想等你来电后再走，现在看事情急不及待，我许就来了。但同时我们得谨慎，万分的谨慎，我们再不能替鬼脸的社会造笑话，有勇还得有智，我的计划已经有了。

[1] 哦！鼓起勇气，爱吧！坚持你的热情，让我们的爱战胜一切；我们不能再忍受这样的痛苦了。

眉眉：

接续报告，车又误点，二时半近三时才到老站。苦了王麻子直等了两个钟头，下车即运行李上船。舱间没你的床位大，得挤四个人，气味当然不佳。这三天想不得舒服，但亦无法。船明早十时开，今晚未有住处。文伯家有客住满，在君不在家，家中仅其夫人，不便投宿。也许住南开，稍远些就是，也许去国民饭店，好好地洗一个澡，睡一觉，明天上路。那还可以打电话给你。盼望你在家；不在，骂你。

奇士林[1]吃饭，买了一大盒好吃糖，就叫他们寄了，想至迟明晚可到。现在在南开中学张伯苓处，问他要纸笔写信，他问写给谁，我说不相干的，仲述[2]在旁解释一句："顶相干的。"方才看见电话机，就想打，但有些不好意思。回头说吧，如住客栈一定打。这半天不见，你觉得怎样？好像今晚还是照样见你似的。眉眉，好好养息吧！我要你听一句话。你爱我，就该听话。晚上早睡，早上至迟十时得起身。好在扰乱的摩走了，你要早睡还不容易？初起一两夜

[1] 和后文提到的"正昌"均为天津饭馆的字号。
[2] 张彭春，张伯苓的胞弟。

许觉不便，但扭了过来就顺了。还有更要紧的一句话，你得照做。每天太阳好到公园去，叫Lilia伴你，至少至少每两天一次！

记住太阳光是健康唯一的来源，比什么药都好。

我愈想愈觉得生活有改样的必要。这一时还是糊涂，非努力想法改革不可。眉眉你一定的听我话；你不听，我不乐！

今晚范静生先生请正昌吃饭，晚上有余叔岩，我可不看了，文伯的新车子漂亮极了，在北方我所见的顶有taste[1]的一辆；内外都是暗蓝色，里面是顶厚的蓝绒，窗靠是真柚木，你一定欢喜。只可惜摩不是银行家，眉眉没有福享。但眉眉也有别人享不到的福气对不对？也许是摩的臭美？

眉我临行不曾给你去看，你可以问Lilia、老金，要书七号[2]拿去。且看你，你连Maugham[3]的“*Rain*”[4]都没有看哪。

你日记写不写？盼望你写，算是你给我的礼，不厌其详，随时涂什么都好。我写了一忽儿，就得去吃饭。此信明日下午四五时可到，那时我已经在大海中了。告诉叔华他们准备灯节热闹。别等到临时。眉眉，给你一把顶香顶醉人的梅花。

你的亲摩

二月六日下午二时

[1] 品位。

[2] 指北京石虎胡同七号的松坡图书馆。

[3] 英国小说家毛姆。

[4] 毛姆的作品《雨》。

眉眉：

上船了，挤得不堪，站的地方都没有，别说坐，这时候写字也得拿纸贴着板壁写，真要命！票价临时飞涨，上了船，还得敲了十二块钱的竹杠去。上边大菜间也早满了，这回买到票，还算是运气，比我早买的都没有买到。

文伯昨晚伴我谈天，谈他这几年的经过。这人真有心计，真厉害，我们朋友中谁都比不上他。我也对他讲些我的事，他懂我很深，别看这麻脸。

到塘沽了，吃过饭，睡过觉，讲些细情给你听了。同房有两位：（一个订位没有来）一是清华学生，新从美国回的；一是姓杨，躺着尽抽大烟，一天抽“两把膏子”的一个鸦片老生。徐志摩大名可不小，他一请教大名，连说：“真是三生有幸。”

我的床位靠窗，圆圆的一块，望得见外面风景；但没法坐，只能躺，看看书，冥想想而已。写字苦极了，这贴着壁写，手酸不堪。吃饭像是喂马，一长条的算是桌子，活像你们家的马槽，用具的龌龊就不用提了；饭菜除了白菜，绝对放不下筷去，饭米倒还好，白净得很。昨天吃奇斯林、正昌，今天这样吃法，分别可不小！

这其实真不能算苦。我看看海，心胸就宽。何况心头永远有眉眉我爱蜜甜的影子，什么苦我吃不下去？别说这小不方便！船家多宁波佬，妙极了。

得寄信了，不写了，到烟台再写。

爹爹娘请安。

你的摩摩

二月七日

眉爱：

我又在上海了。本与适之约定，今天他由杭州来同车。谁知他又失约，料想是有事绊住了，走不脱，我也懂得。只是我一人凄凄凉凉地在栈房里闷着。遥想我眉此时亦在怀念远人，怎不怅触！南方天时真坏，雪后又雨，屋内又无炉火。我是只不惯冷的猫，这一时只冻得手足常冰。见报北京得雪，我们那快雪同志会，我不再想也鼓不起兴来。户外雪重，室内衾寒，眉眉我的，你不想念摩摩否？

昨天整天只寄了封没字梅花信给你，你爱不爱那碧玉香囊？寄到时，想多少还有余甘。前晚在杭州，正当雪天奇冷，旅馆屋内又不生火。下午风雪猛厉，只得困守。晚快喝了几杯酒，暖是暖些，情景却是百无聊赖，真闷得凶。游灵峰时坐轿，脚冻如冰，手指也直了。下午与适之去肺病院看郁达夫，不见。我一个人去买了点东西，坐车回硖。过年初四，你的第二封信等着我。爸说有信在窗上，我好不欢喜。但在此等候张女士[1]，偏偏她又不来，已发两电，亦未得复。咳！“这日子叫我如何过？”我爸前天不舒服，发寒热、咳嗽，今天还不曾全好。他与妈许后天来沪。新年大家多少

[1] 指张幼仪，此时已被徐志摩父母收为养女。

有些兴致，只我这孤零零心魂不定，眠食也失了常度，还说什么快活？爸妈看我神情，也觉着关切。其实这也不是一天的事，除了张眼见我眉眉的妙颜，我的愁容就没有开展的希望。眉你一定等急了，我怎不知道？但急也只能耐心等着。现在爸妈要我。到京后自当与我亲亲好好地欢聚。就我自己说，还不想变一只长小毛翅的小鸟，波地飞向最亲爱的妆前？谭宜孙[1]诗人那首燕儿歌，爱，你念过没有？你的脆弱的身体没一刻不在我的念中。你来信说还好，我就放心些。照你上函，又像是不很爽快的样子。爱爱，千万保重要紧！为你摩摩。适之明天回沪，我想与他同车走。爸妈一半天也去，再容通报。动身前有电报去，弗念。前到电谅收悉。要赶快车寄出，此时不多写了。堂上大人安健，为我叩叩。

汝摩

年初五

[1] 英国诗人丁尼生。

曼：

我等北京人[1]来谈过，才许走；这事情又是少不了的关键。我怎敢迷拗呢？眉眉，你耐着些吧，别太心烦了。有好戏就伴爹娘去看看，听听锣鼓响暂时总可忘忧。说实话，我也不要你老在火炉生得太热的屋子里窝着，这其实只有害处，少有好处；而况你的身体就要阳光与鲜空气的滋补，那比什么神仙药都强。我只收了你两回的信，你近来起居情形怎样，我恨不立刻飞来拥着你，一起翻看你的日记。那我想你总是为在远的摩摩不断地记着。陆医的药你虽怕吃，娘大约是不肯放松你的。据适之说，他的补方倒是吃不坏的。我始终以为你的病只要养得好就可以复原的；绝妙的养法是离开北京到山里去嗅草香吸清鲜空气；要不了三个月，保你变一只小活老虎。你生性本来活泼，我也看出你爱好天然景色，只是你的习惯是城市与暖屋养成的；无怪缺乏了滋养的泉源，你这一时听了摩摩的话否？早上能比先前早起些，晚上能比先前早睡些否？读书写东西，我一点也不期望你；我只想你在日记本上多留下一点你心上的感想。

[1] 指张幼仪。

你信来常说有梦，梦有时怪有意思的；你何不闲着没事，描了一些你的梦痕来给你摩摩把玩？

但是我知道我们都是太私心了，你来信只问我这样那样，我去信也只提眉短眉长，你那边二老的起居我也常在念中。娘过年想必格外辛苦，不过劳否？爸爸呢，他近来怎样，兴致好些否？糖还有否？我深恐他们也是深深地关念我远行人，我想起他们这几月来待我的恩情，便不禁泫然欲涕！眉，你我真得知感些，像这样慈爱无所不至的爹娘，真是难得又难得，我这来自己尝着了味道，才明白娘真是了不得，了不得！到我们恋爱成功日，还不该对她磕一万个响头道谢吗？我说“恋爱成功”，这话不免有语病；因为这好像说现在还不曾成功似的。但是亲亲的眉，要知道爱是做不尽的，每天可以登峰，明天还一样可以造极，这不是缝衣，针线有造完工的一天。在事实上呢，当然俗话说的“洞房花烛夜”是一个分明的段落；但你我的爱，眉眉，我期望到海枯石烂日，依旧是与今天一样的风光、鲜艳、热烈。眉眉，我们真得争一口气，努力来为爱做人；也好叫这样疼惜我们的亲人，到晚年落一个心欢的笑容！

我这里事情总算是有结果的。成见的力量真是不小，但我总想凭至情至性的力量去打开他，哪怕他铁山般的牢硬。今午与我妈谈，极有进步，现在得等北京人到后，方有明白结束，暂时只得忍耐。老金与L想常在你那里，为我道候，恕不另，梅花香柬到否？

摩祝眉喜

年初六

眉眉我亲亲：

今天我无聊极了，上海这多的朋友，谁都不愿见，独自躲在栈房里耐闷。下午几个内地朋友拉住了打牌，直到此刻，已经更深，人也不舒服，老是这要呕心的。心想着只看看的一个倩影，慰我孤独；此外都只是烦心事。唐有壬本已替我定好初十的日本船，十二就可到津，那多快！不是不到一星期就可重在眉眉的左右，同过元宵，是多么一件快心事？但为北京来人杳无消息，我为亲命又不能不等，只得把定住回了，真恨人！适之今天才来；方才到栈房里来，两眼红红的，不知是哭了还是少睡，也许两样全有！他为英国赔款委员快到，急得又不能走。本说与我同行，这来怕又不成。其实他压根儿就不热心回京；不比我。我觉得不好受，想上床了，明天再接写吧！

眉眉：

你猜我替你买了些什么衣料？就不说新娘穿的，至少也得定亲之类用才合式才配，你看了准喜欢，只是小宝贝，你把摩摩的口袋都掏空了，怎么好！

昨天没有寄信，今天又到此时晚上才写。我希望这次发信后，就可以决定行期，至多再写一次上船就走。方才我们一家老小，爸妈小欢[1]都来了。老金有电报说幼仪二十以前动身，那至早后天可到，她一到我就可以走，所以我现在只眼巴巴地盼她来，这闷得死人，这样的日子。今天我去与张君劢[2]谈了一上半天连着吃饭。下午又在栈里无聊，人来邀我看戏什么都回绝。方之老高忽然进我房来，穿一身军服，大皮帽子，好不神气。他说南边住了五个月，主人给了一百块钱，在战期内跑来跑去吃了不少的苦。心里真想回去，又说不出口。他说老太太叫他有什么写信去，但又说不上什么所以也没写。受[3]，又回无锡去了。新近才算把那买军火上当的一场官司了结。还算好，没有赔钱。差事名目换了，本来是顾问，现在

[1] 指徐志摩与张幼仪的儿子徐积锴。
[2] 张幼仪的哥哥。
[3] 指王赓，字受庆。

改了谘议，薪水还是照旧三百。按老高的口气，是算不得意的。他后天从无锡回来，我倒想去看他一次，你说好否？钱昌照我在火车里碰着；他穿了一身衣服，修饰得像新郎官似的，依旧是那满面笑容。我问起他最近的“计划”，他说他决意再读书；孙传芳请他他不去，他决意再拜老师念老书。现在瞒了家里在上海江湾租了一个花园，预备“闭户三年”，不能算没有志气，这孩子！但我每回见他总觉得有些好笑，你觉不觉得？不知不觉尽说了旁人的事情。妈坐在我对面，似乎要与我说话的样子。我得赶快把信寄出，动身前至少还有一两次信。眉眉，你等着我吧，相见不远了，不该欢慰吗？

摩摩

年初八

眉爱：

今天该是你我欢喜的日子了，我的亲亲的眉眉！方才已经发电给适之，爸爸也写了信给他。现在我把事情的大致讲一讲：我们的家产差不多已经算分了，我们与大伯一家一半。但为家产都系营业，管理仍需统一。所谓分者即每年进出各归各就是了，来源大都还是共同的。例如酱业、银号、以及别种行业。然后在爸爸名下再作为三份开：老辈（爸妈）自己留开一份，幼仪及欢儿立开一份，我们得一份：这是产业的暂时支配法。

第二是幼仪与欢儿问题。幼仪仍居干女儿名，在未出嫁前担负欢儿教养责任，如终身不嫁，欢的一分家产即归她管；如嫁则仅能划取一份奁资，欢及余产仍归徐家，尔时即与徐家完全脱离关系。嫁资成数多少，请她自定，这得等到上海时再说定。她不住我家，将来她亦自寻职业，或亦不在南方；但偶尔亦可往来，阿欢两边跑。

第三：离婚由张公权设法公布；你们方面亦请设法于最近期内登报声明。

这几条都是消极方面，但都是重要的，我认为可以同意。只要幼仪同意即可算数。关于我们的婚事，爸爸说这时候其实太热，总得等暑后才能去京。我说但我想夏天同你避暑去，不结婚不便。爸说，未婚妻还不一样可以同行？我说但我们婚都没有订。爸说："那你这回回去就定好了。"我说那也好，媒人请谁呢？他说当然适之是一个，幼伟来一个也好。我说那爸爸就写个信给适之吧。爸爸说好吧。订婚手续他主张从简，我说这回通伯、叔华是怎样的，他说照办好了。

眉，所以你我的好事，到今天才算磨出了头，我好不快活。今天与昨天心绪大大地不同了。我恨不得立刻回京向你求婚，你说多有趣。闲话少说，上面的情形你说给娘跟爸爸听。我想办法比较合理，他们应当可以满意。

但今年夏天的行止怎样呢？爸爸一定去庐山，我想先回京赶速订婚，随后拉了娘一同走京汉下去，也到庐山去住几时。我十分感到暑天上山的必要，与你身体也有关系，你得好好劝娘及早预备！多快活，什么理想都达到了！我还说北京顶好备一所房子，爸说北京危险，也许还有大遭灾的一天。我说那不见得吧！我就说陶太太说起的那所房子，爸似乎有兴趣，他说可以看看去。但这且从缓，好在不急：我们婚后即得回南，京寓布置尽来得及也。我急想回京，但爸还想留住我，你赶快叫适之来电要我赶他动身前去津见面，那爸许放我早走。有事情，再谈吧！

你的欢畅了的摩摩

眉：

我在适之这里。他新近照了一张相，荒谬！简直是个小白脸儿哪！他有一张送你的，等我带给你。我昨晚独自在硖石过夜（爸妈都在上海）。十二时睡下去，醒过来以为是天亮，冷得不堪，头也冻，脚也冻，谁知正打三更。听着窗外风声响，再也不能睡熟，想爬起来给你写信。其实冷不过，没有钻出被头的勇气。但怎样也睡不着，又想你，蜷着身子想梦，梦又不来。从三更听到四更，从四更听尽五更，才又闭了一回眼。早车又回上海来了。北京来人还是杳无消息。你处也没信，真闷。栈房里人多，连写信都不便；所以我特地到适之这里来，随便写一点给你。眉眉，有安慰给你，事情有些眉目了。昨晚与娘舅寄父谈，成绩很好。他们完全谅解，今天许有信给我爸，但愿下去顺手，你我就登天堂了，妈昨天笑着说我："福气太好了，做爷娘的是孝子孝到底的了。"但是眉眉，这回我真的过了不少为难的时刻。也该的，"为我们的恋爱"可不是？昨天随口想诌几行诗，开头是：

> 我心头平添了一块肉，
> 这辈子算有了归宿！

看白云在天际飞。

听雀儿在枝上啼。

忍不住感恩的热泪，

我喊一声天，我从此知足！

再不想望更高远的天国！

眉眉，这怎好？我有你什么都不要了。文章、事业、荣耀，我都不要了。诗、美术、哲学，我都想丢了。有你我什么都有了。抱住你，就比抱住整个的宇宙，还有什么缺陷，还有什么想望的余地？你说这是有志气还是没志气？你我不知道，娘听了，一定骂。别告诉她，要不然她许不要这没出息的女婿了。你一定在盼着我回去，我也何尝不时刻想往眉眉胸怀里飞。但这情形真怕一时还走不了。怎好？爸爸与娘近来好吗？我没有直接信，你得常常替我致意。他们待我真太好了，我自家爹娘，也不过如此。

适之在下面叫了，我们要到高梦旦家吃饭去，明天再写。

摩摩祝眉眉福

正月十一日

小龙我爱：

真烦死人。至少还得一星期才能成行？明早有船到，满望幼仪来，见过就算完事一宗，转身就走。谁知她乘的是新丰船，十六日方能到此，她到后至少得费我两三天才能了事。故预期本月二十前才能走，至少得十天后才能见你，怎不闷死了我？同时你那里天天盼着我，又不来信，我独自在此连信札的安慰都得不到，真太苦了！你也不算算，怎的年内写了两封就不再写，就算寄不到，打往回，又有什么要紧。你摩摩在这里急。你知道不？明天我想给你一个电报，叫你立刻写信或是来电，多少也给我点安慰。眉眉，这日子没有你，比白过都不如。怎么我都不要，就要你。我几次想丢了这里。牟妻运虽则不好，但我此后艳福是天生的。我的太太不仅绝美，而且绝慧，说得活现，竟像对准了我只美又慧的小眉娘说的。你说多怪！又说：就我有以白头到老，十分地美满，没有缺陷，也不会出乱子，我听了，不能不谢谢金口！眉眉，真的，我妈说得对，她说我太享福了！眉，我有福消受你吗？

近来《晨报》不知道怎样，你看不看？江绍原盼望我有东西往回寄，但我如何有心思写？不但现在，就算这回事情办妥当了，回北京见了你，我哪还舍得一刻丢开你。能提起心来写文章与否，很是问题，这怎好？而且这来，无谓的捱了至少一星期十天工夫。回京时编辑教书的任务，又逼着来，想起真烦。我真恨不得一把拖了你往山里一躲，什么人事都不问，单只你我俩细细地消受蜜甜的时刻！娘又该骂我了，明天再写。

摩问眉好

正月十二日

至亲爱的小眉：

昨晚发信后，正在踌躇，怎样给你去电。今早上你的电从硖石转了来。我怎不知道你急？我的眉眉！盼望我的复电可以给你些安慰。我的信想都寄到，“蓝信”英文的十封，中文的一封，此外非蓝信不编号的不知有多少封。除了有一天没有写，总算天天给我眉作报告的。白天的事情其实是太平常。一天足写。夜里睡不着的时候多，梦不很有，有也记不清，将来还是看你的吧。今天我得到消息，更觉得愁了，张女士坐新丰轮来，要二月二十七日才从天津开，真把我肚子都气瘪。这来她至少三月一二才能到，我得待着在这里等，你说多冤！方才我又对爸爸提了，我说眉急得凶，我想走了。他说，他知道，但是没办法，总得等她到后，结束了才能走，否则你自己一样不安心不是；北京那里你常有信去，想也不至过分急。所以我只得耐心等，这是一个不快消息。第二件事叫我操心的，是报上说李景林打了胜仗，又逼近天津了，这可不是玩，万一京津路再像上回似的停顿起来，那怎么好？我们只能祷告天帮忙着我们：一，我们大家圆满解决；二，我们及早可以重聚，不至再有麻烦。眉你怎不来信？你说我在上海过最干枯的日子，连你的信都见不着，怎过得去？

眉眉，我们尝受过的阻难也不少了，让我们希望此后永远是平安。我倒也不是完全为我们自己着想，为两边的高堂是真的。明明走了，前两天唐有壬、欧阳予倩走，我眼看他们一个个的往回走。就只我落在背后，还有满肚子的心事，真是无从叫苦。英国的赔款委员全到了，开会在天津，我一定拉适之同走。回头再接写！

摩问眉

正月十三日

眉：

久之今天走，我托他带走一网篮，但是里面你的东西一样也没有，偏熬熬你，抵拼将来受你的！我不能就走，真急，但我去定船了，至迟三月四一定动身。这来我的牺牲已经不小不小！

现在房里有不少人，写信不便，我叫久之过来面见你，对你说我的近况，叫你放心等着，只要路上不发生乱子，我十天内总有希望见眉眉了，这信托久之面交，你有话问他。下午另函再写。

堂上问候！

摩摩

正月十四日（2月26日）

上海

眉眉乖乖：

今天托久之带京网篮一只，内有火腿茶菊，以及家用托买的两包。你一双鞋也带去，看适用否，缎鞋年前已卖完，这双尺寸恰好，但不怎么好：茶菊你替我留下一点，我要另送人。今天我又替你买了一双我自以为极得意的鞋，你一定欢喜，北京一定买不出，是外国做来的，价钱可不小。你的大衣料顶麻烦，我看过，也问过，但始终没有买，也许不买，到北京再说。你说要厚呢夹大衣，那还不是冬天用的，薄的倒有好看的，怕又买不合适。天台桔子倒有，临走时再买，早买要坏。火腿恐不十分好，包头里的好，我还想去买些，自己带。

适之真可恶，他又不走了！赔款委员会仍在上海开，他得在此接洽，他不久搬去沧州别墅。

昨晚有人请我妈听戏，我也陪了去；听的你说是什么？就是上次你想听没听着的《新玉堂春》。尚小云唱得真不坏。下回再有，一定请眉眉听去。

朱素云也配得好，昨晚戏园里挤得简直是水泄不通。戏情虽则简单，却是情形有趣。三堂会审后，穿蓝的官与王金龙作对，他知道王三一定去监牢里会苏三，故意守他们正在监内绸缪的时候，带了衙役去查监。吓得王三涂了满面窑煤，装疯混了出去。后来穿红的官做好人，调和了他们，审清了案子，苏三挂红出狱。苏三到客店里去梳妆一节，小云做得极好，结局拜天地团圆，成全了一对恩爱夫妻。这戏不坏。但我看时也只想着眉眉，她说不定几时候怎样坐立不安地等着我哩！眉眉，我真的心烦。什么事也做不成。

今天想写一点给副刊，提了笔直发愣，什么也没有写成。大约在我见眉之前，什么事都不用想了，这几十天就算是白活的，真坑人！思想也乱得很，一时高飞，一时沉底，像在梦里似的，与人谈话也是心不在焉地慌。眉眉，不知道你怎样；我没有你简直不能做人过日子。什么繁华，什么声色，都是甘蔗滓，前天有人很热心地要介绍电影明星，我一点也没兴趣，一概婉辞谢绝。上海可不了，这班所谓明星，简直是“火腿”的变相，哪里还是干净的职业，眉眉，你想上银幕的意思趁早打消了吧！我看你还是往文学美术方面，耐心地做去。不要贪快，以你的聪明，只要耐心，什么事不成，你真的争口气，羞羞这势利世界也好！

你近来身体怎样，没有信来真急人，昨天有船到，今天还是没有信。大概你压根儿就没有写。我本该明天赶到京和我的爱眉宝贝同过元宵的，谁知我们还得磨折，天罚我们冷清清地一个在南，一个在北，冷眼看人家热闹，自己伤心！

新月社一定什么举动也没，风景煞尽的了！你今晚一定特别地难过，满望摩摩元宵回京，谁知道还是这形单影只的！你也只能自己譬解譬解，将来我们温柔的福分厚着，蜜甜的日子多着；名分定了，谁还抢得了？

我今晚仍伴妈睡，爸在杭未回。昨晚在第一台见一女，长得真美，妈都看呆了；那一双大眼真惊人，少有得见的。见时再详说。

堂上请安。

摩摩问候

元宵前夜

眉我的乖

昨晚写了信，托沈久之带走，他又得后天才走，我恨不能打长电给你；将来无线电实行后，那就便了。本来你知道一百五十年前寄信，不但在中国是麻烦不堪的事，俗话说的一纸家书值万金；就在外国也是十二分的不方便。在英国邮政是分区域的，越远越贵，从伦敦寄信到苏格兰要花不少的钱。后来有一个叫威廉什么的，他住在伦敦，他的爱人在苏格兰，通信又慢又贵。他气极了，就想了一个办法，就是现在邮政的制度。寄信不论远近，在国内收费一律。他在议会上了一个条陈，叫做“辨士信”，意思是一辨士可以寄一封信。这条陈提出议会时，大家哄堂大笑，有一个有名的政治家宣言，他一辈子从不曾听见过这样荒谬透顶的主张；说这个人一定是疯的，怎么一辨士可以寄信到苏格兰，不是太匪夷所思了！但后来这位情急先生的主张竟然普遍实行了。现在我们邮政有这样利便，追溯源委，也还全亏“恋爱的灵感”，你说有趣不？但这一打仗，什么都停顿了。手边又没有青鸟，这灵犀耿耿，向何处慰情去？从前欧洲大战时，邦交断绝时，邮政不通，有隔了五年才寄到的信！现在我们中间，只差了二三千里路，但为政治捣乱，害得我们信都不得如意地通。将来飞机邮政一定得实行，那就不碍事了，眉眉你也一定有同样的感想！方才派人去买船票了，至迟三日四日不能不动身。再要走不成，我一定得疯了；这来已经是够危险，李景林已取马厂，第三军无能，天津旦夕可下。假如在我赶到之前，京津要是又断了，那真怎么好！我立定主意冒险也得赶进京。眉，天保佑，你等着吧。今天与徐振飞谈得极投机，他也懂得我，银行界中就他与王文伯有趣，此外市侩居多，例如子美。怎好，今天还不是元宵？你我中秋不曾过成，新年没有同乐，元宵又毁了。眉爱，你怎样想我，我是“心头如火”；振铎邀去吃饭，有几个文学家要会我，我得喝几杯，眉眉，我祝福你！

元宵

你的顶亲亲的摩摩

眉爱：

只有十分钟写信，迟了今晚就寄不出。我现在在硖石了，与爸爸一同回来的，妈还留在上海，住在何家。今晚我与爸爸去山上[1]住，大约正式的“谈天”[2]该在今晚吧！我伯父日前中了“半肢疯”，身体半边不能活动，方才去看他，谈了一回：所以连写信的时间都没有了。

眉：我还只是满心的不愉快，身体也不好，没有胃口，人瘦得凶，很多人说不认识了，你说多怪。但这是暂时的，心定了就好，你不必替吾着急。今天说起回北京，我说二十边，爸爸说不成，还得到庐山去哪！我真急，不明白他意思究竟是怎么样！快写信吧！

今晚明天再写！祝你好，盼你信。（还没有！孙延杲的倒来了。）

摩摩吻你

七月九日

硖石

[1] 指硖石的西山。

[2] 指徐志摩与父亲就家产分配等家庭大事的谈话。

小眉芳睐：

昨宿西山，三人谑浪笑傲，别饶风趣。七搔首弄姿，竟像煞有介事。海梦呓连篇，不堪不堪！今日更热，屋内升九十三度，坐立不宁，头昏犹未尽去。今晚决赴杭，西湖或有凉风相邀待也。

新屋更需月许方可落成，已决安置冷热水管。楼上下房共二十余间，有浴室二。我等已派定东屋，背连浴室，甚符理想。新屋共安电灯八十六，电料我自去选定，尚不太坏，但系暗线，又已装妥，将来添置不知便否。眉眉爱光，新床左右，尤不可无点缀也。此屋尚费商量，因旧屋前进正挡前门，今想一律拆去，门前五开间，一律作为草地，杂种花木，方可像样。惜我爱卿不在，否则即可相偕着手布置矣，岂不美妙。楼后有屋顶露台，远瞰东西山景，颇亦不恶。不料辗转结果，我父乃为我眉营此香巢；无此固无以寓此娇燕，言念不禁莞尔。我等今夜去杭，后日（十九）乃去天目。看来二十二快车万赶不及，因到沪尚须看好家具陈设，煞费商量也。如此至早需月底到京，与眉聚首虽近，然别来无日不忐忑若失。眉无摩不自得，摩无眉更手足不知所措也。

昨回硖，乃得适之复电，云电码半不能读，嘱重电知。但期已过促，今日计程已在天津，电报又因水患不通，竟无以复电。然去函亦该赶到，但愿冯六处已有接洽，此是父亲意，最好能请到，想六爷自必乐为玉成也。

眉眉，日来香体何似？早起之约尚能做到否？闻北方亦奇热，遥念爱眉独处困守，神驰心塞，如何可言？闻慰慈将来沪，帮丁在君办事，确否？京中友辈已少，慰慈万不能秋前让走；希转致此意，即此默吻眉肌颂儿安好。

摩

七月十七日

眉眉：

简直的热死了，昨夜还在西山上住。又病了，这次的病妙得很，完全是我眉给我的。昨天两顿饭也没有吃，只吃了一盆蒸馄饨当点心，水果倒吃了不少；结果糟透了。不到半夜就发作；也和你一样，直到天亮还睡不安稳。上面尽打嗝儿，胃气直往上冒，下面一样的连珠。我才知道你屡次病的苦。简直与你一模一样，肚子胀，胃气发，你说怪不怪？今天吃了一顿素餐，肚又胀了。天其实热不过，躲在屋子里汗直流。这样看来，你病时不肯听话，也并不是你特别倔强；我何尝不知道吃食应该十分小心，但知道自知道，小心自不小心，有什么办法？今晚我们玩西湖去，明早六时坐长途汽车去天目山，约正午可到。这回去本不是我的心愿，但既然去了，我倒盼望有一两天清凉日子过，多少也叫我动身北归以前喘一喘气。想起津浦的铁篷车其实有些可怕。天目的景致另函再详。适之回爸爸的信到了，我倒不曾想到冯六有这层推托。文伯也好，他倒是我的好友。

但适之何以托蒋梦麟代表，我以为他一定托慰慈的。梦麟已得行动自由吗？昨天上海邮政罢工，你许有信来，我收不到。这恐怕又得等好几天，天目回头，才能见到我爱的信，此又一闷。我到上海，要办几桩事。一是购置我们新屋里的新家具。你说买什么的好？北京朱太太家那套藤的我倒看的对，但卧房似乎不适宜。床我想买twin[1]的，别致些。你说哪样好？赶快写回信，许还来得及。我还得管书屋的布置：这两件事完结，再办我们的订婚礼品。我想就照我们的原议，买一只宝石戒，另配衣料。眉乖！你不知道，我每天每晚怎样急得要回京，也不全为私。《晨报》老这托人也不是事，不是？但老太爷看得满不在乎，只要拉着我伴他，其实呢，也何尝不应该，独生儿子在假期中难得随侍几天。无奈我的神魂一刻不得眉在左右，便一刻不安。你那里也何尝不然？老太爷若然体谅，正应得立即放我走哩。按现在情形看来，我们的婚期至早得在八月初。因为南方不过七月半，不会天凉。像这样天时，老太爷就是愿意走，我都要劝阻他的。并且家祠屋子没有造起，杂事正多着哩！

乖囡！你耐一点子吧。迟不到月底，摩摩总可以回到"眉轩"来温存我唯一的乖儿。这回可不比上次，眉眉，你得好好替我接风才是。老金他们见否？前天见一余寿昌，大骂他，骂他没有脑筋。堂上都好否？替我叩安。写不过二纸，满身汗已如油，真不了。这天时便亲吻也嫌太热也？但摩摩深吻眉眉不释。

七月十八日

[1] 成对的。

眉儿：

在深山中与世隔绝，无从通问，最令悒悒。三日来由杭而临安，行数百里，纤道登山。旅中颇不少可纪事，皆愿为眉一一言之；恨邮传不达，只得暂记于此，归时再当畅述也。

前日发函后，即与旅伴（歆海、老七及李藻孙）出游湖，以为晚凉可有乐者；岂意湖水尚热如汤，风来烘人，益增烦懑。舟过锦华桥，便访春润庐，适值蔡鹤卿先生驻踪焉。因遂谒谈有倾。蔡氏容貌甚癯，然肤色如棕如铜，若经髹然，意态故蔼婉恂恂，所谓“婴儿”者非欤？谈京中学业，甚愤慨，言下甚坚绝，绝不合作：“既然要死，就应该让他死一个透；这样时局，如何可以混在一起？适之倒是乐观，我很感念他；但事情还是没有办法的，我无论如何不去。”

平湖秋月已设酒肆，稍近即闻汗臭。晚间更有猥歌声，湖上风流更不可问矣。移棹向楼外楼，满拟一掉幽静，稍远尘嚣。讵此楼亦经改作，三层楼房，金漆辉煌，有屋顶，有电扇。昔日闲逸风趣竟不可复得。因即楼下便餐，菜亦视前劣甚。柳梢头明月依然，仰对能毋愧煞！

仁圃蟠桃味甘乃无伦，新莲亦冽香激齿。眉此时想亦在莲瓢中讨生活也。

夜间旅客房中有一趣闻：一土妓伴客即宿矣，忽遁迹不见。遍觅无有，而前后门固早扃。迨日向展，始于楼上便室中发见，殊可噱。

十九日早六时起，六时二十分汽车开行，约八时到临安。修道甚佳，一路风色尤媚绝，此后更不虞路难矣。临安登轿，父亲体重，舆夫三名不胜，增至四；四犹不胜，增至六。上山时簇拥邪许而前，态至狼狈。十时半抵螺丝岭，新筑有屋，住僧为备饭。十二时又前行，及四时乃抵山麓。小憩龙泉寺，啖粥点心。乃盘道上山，幸云阻目光，山风稍动，不过热。轿夫皆称老爷福量大。登山一里一凉亭，及第五亭乃见瀑，猥泻石罅间，殊不庄严。近人为筑亭，颜天琴，坐此听瀑，远瞰群岗，亦一小休。到此东天目钟声剪空而来，山林震荡，意致非常。

今寓保福楼，窗前山色林香，别有天地。左一峦顶，松竹丛中，钟楼在焉。昨晚月色朦胧，忽复明爽；约藻孙与七步行入林，坐石上听泉，有顷乃归，所思邈矣。夜凉甚重，厚衾裹卧，犹有寒意。

二十日早上山，去昭明太子分经台，欲上寻龙潭，不成，悻悻折回。登山不到顶，此第一次也。又去寺右侧洗眼池。山中风色描写不易。杉佳、竹佳、钟声佳；外此则远眺群山，最使怡旷。

二十一日早下山。十时到西天目。地当山麓，寺在胜间，胜地也。

眉：

昨刘太太亦同行，剪发烫发，又戴上霞飞路十八元毡帽，长统丝袜，绣花手套，居然亭亭艳艳，非复“吴下阿蒙”，甚矣巴黎之感化之深也。

午快车等于慢车。每站都停；到南京已九时有余。一路幸有同伴，尚不难过。忆上次到南京，正值龙潭之役。昨夜月下经过，犹想见血肉横飞之惨。在此山后数十里，我当时坐洋车绕道避难，此时都成陈迹矣。

歆海家一小洋房，平屋甚整洁。湘玫理家看小孩，兼在大学教书，甚勤。因我来特为制新被褥借得帆布床，睡客堂中，暖和舒服不让家中；昨夜畅睡一宵，今晨日高始起。即刻奚若、端升光临了。你昨夜能熬住不看戏否？至盼能多养息。我事毕即归，弗念。阿哥已到否？为我候候。

此间天气甚好，十月小阳春也。

摩摩

十一月二十七日

父母前叩安湘玫附候

眉爱：

这可真急死我了，我不说托汤尔和给设法坐小张[1]的福特机吗？好容易五号的晚上，尔和来信说：七号顾少川走，可以附乘。我得意极了。东西我知道是不能多带的，我就单买了十几个沙营，胡沈的一大篓子，专为孝敬你的。谁知六号晚上来电说：七号不走，改八号；八号又不走，改九号；明天（十号）本来去了，凭空天津一响炮，小顾又不能走。方才尔和通电：竟连后天走得成否都不说了。你说我该多么着急！我本想学一个飞将军从天而降，给你一个意外的惊喜，所以不曾写信。同时你的信来，说又病的话，我看愣了简直的。咳！我真不知怎么说，怎么想才是。乖！你也太不小心了，如果真是小产，这盘账怎么算？我为此待了这两天，又急于你的身体，满想一脚跨到。飞机六小时即可到南京，要快当晚十一点即可到沪，又不花本；那是多痛快的事！谁想又被小鬼的炮声给耽误了，真可恨！

你想，否则即使今天起，我此时也已经到家了。孩子！现在只好等着，他不走，我更无法，如何是好？但也许说不定他后天走，

[1] 指张学良。

那我也许和这信同时到也难说。反正我日内总得回，你耐心候着吧，孩子！

请告瑞午，大雨的地是本年二月押给营业公司一万二千两。他急于要出脱，务请赶早进行。他要俄国羊皮帽，那是天津盛锡福的，北京没有。我不去天津，且同样货有否不可必，有的贵到一二百元的，我暂时没有法子买。天津还不知闹得怎样了，北京今天谣言蜂起，吓得死人。我也许迁去叔华家住几天；因她家无男子，仅她与老母幼子；她又胆小。但我看北京不至出什么大乱子，你不必为我担忧，我此行专为看你：生意能成固好，否则你也顾不得。且走颇不易，因北大同人都相约表示精神，故即成行亦须于三五日内赶回，恐你失望，故先说及。

文伯信多谢。我因不知他地址，他亦未来信，以致失候，负罪之至。但非敢疏慢也。临走时趣话早已过去忘却，但传闻麻兄演成妙语，真可谓点金妙手。麻兄毕竟可爱！一笑。但我实在着急你的身体，这样下去怎么得了。我真恨日本人，否则今晚即可欢然聚话矣。相见不远，诸自珍重！

摩摩吻上

九日

亲爱的：

离开了你又是整一天过去了。我来报告你船上的日子是怎么过的。我好久没有甜甜地睡了。这一时尤其是累，昨天起可有了休息了；所以我想以后生活觉得太倦了的时候，只要坐船，就可以养过来。长江船实在是好，我回国后至少我得同你去来回汉口坐一次。你是城里长大的孩子，不知道乡居水居的风味，更不知道海上河上的风光；这样的生活实在是太窄了，你身体坏一半也是离天然健康的生活太远的缘故。你坐船或许怕晕，但走长江乃至走太平洋绝不至于。因为这样的海程其实说不上是航海，尤其在房间里，要不是海水和机轮的声响，你简直可以疑心这船是停着的。昨晚给你写了信就洗澡上床睡，一睡就着，因为太倦了，一直睡到今早上十点钟才起来。早饭已吃不着，只喝一杯牛奶。穿衣服最是一个问题，昨晚上吃饭，我穿新做那件米色华丝纱，外罩春舫式的坎肩；照照镜子，还不至于难看。文伯也穿了一件艳绿色的绸衫子，两个人聊袂而行，趾高气扬地进餐堂去。我倒懊恼中国衣带太少了，尤其那件新做蓝的夹衫，我想你给我寄纽约去，只消挂号寄，不会遗失的；也许有张单子得填，你就给我寄吧，用得着的。还有人和里我看中了一种料子，只要去信给田先生，他知道给染什么颜色。染得了，让拿出来叫云裳[1]按新做那件尺寸做，安一个嫩黄色的极薄绸里子最好；因为我那件旧的黄夹衫已经褪色，宴会时不能穿了。你给我去信给爸爸。或是他还在上海，让老高去通知关照人和要那件料子。我想你可以替我办吧。还有衬里的绸裤褂（扎脚管的）最好也给做一套，料子也可以到人和要去，只是你得说明白材料及颜色。你每回寄信的时候不妨加上“via Vancouver”[2]也许可以快些。

今天早上我换了洋服，白哔叽裤，灰法兰绒褂子，费了我好多时候，才给打扮上了，真费事。最糟的是我的脖子确先从十四寸半长到了十五寸，而我的衣领等等都还是十四寸半，结果是受罪。尤其是瑞午送我那件特别shirt[3]，领子特别小，正怕不能穿，那真可惜。穿洋服是真不舒服，脖子、腰、脚，全上了镣铐，行动都感到拘束，哪有我们的服装合理，西洋就是这件事情欠通，晚上还是中装。

饭食也还要得，我胃口也有渐次增加的趋向。最好一样东西是桔子，真正的金山桔子，那个儿的大，味道之好，同上海卖的是没有比的。吃了中饭到甲板上散步，走七转合一哩，我们是宽袍大袖，走路斯文得很。有两个牙齿雪白的英国女人走得快极了，我们走小半转，她们走一转。船上是静极了的，因为这是英国船，客人都是些老头儿，文伯管他们叫做retired burglars[4]，因为他们全是在东方赚饱了钱回家去的。年轻女人虽则也有几个，但都看不上眼，倒

[1] 指徐志摩在上海开设的云裳服装公司。
[2] 经由温哥华。
[3] 衬衫。
[4] 退休的窃贼。

是一位似乎福建人的中国女人长得还不坏。可惜她身边永远有两个年轻人拥护着，说的话也是我们没法懂的，所以也只能看看。到现在为止，我们跟谁都没有交谈过，除了房间里的boy[1]，看情形我们在船上结识朋友的机会是少得很，英国人本来是难得开口，我们也不一定要认识他们。船上的设备和布置真是不坏；今天下午我们各处去走了一转，最上层的甲板是叫sun deck[2]，可以太阳浴。那三个烟囱之粗，晚上看看真吓人。一个游泳池真不坏，碧清的水逗人得很，我可惜不会游水，否则天热了，一天浸在里面都可以的。健身房也不坏，小孩子另有陈设玩具的屋子，图书室也好，只有是书少而不好。音乐也还要得，晚上可以跳舞，但没人跳。电影也有，没有映过。我们也到三等烟舱里去参观了，那真叫我骇住了，简直是一个China Town[3]的变相，都是赤膊赤脚的，横七竖八地躺着，此外摆着十几只长方的桌子，每桌上都有一两人坐着，许多人围着。我先不懂，文伯说了，我才知道是"摊"，赌法是用一大把棋子合在碗下，你可以放注，庄家手拿一根竹条，四颗四颗地拨着数，到最后剩下的几颗定输赢。看情形进出也不小，因为每家跟前都是有一厚叠的钞票：这真是非凡，赌风之盛，一至于此！还有一件奇事，你随便什么时候可以叫广东女人来陪，呜呼！中华的文明。

下午望见有名的岛山，但海上看不见飞鸟。方才望见一列的灯火，那是长崎，我们经过不停。明日可到神户，有济远来接我们，文伯或许不上岸。我大概去东京，再到横滨，可以给你寄些小玩意

[1] 侍者。

[2] 阳光甲板。

[3] 唐人街。

儿，只是得买日本货，不爱国了，不碍吗？

我方才随笔写了一短篇《卞昆冈》[1]的小跋，寄给你，看过交给上沅付印，你可以改动，你自己有话的时候不妨另写一段或是附在后面都可以。只是得快些，因为正文早已印齐，等我们的序跋和小鹣的图案了，这你也得马上逼着他动手，再迟不行了！再伯生他们如果真演，来请你参观批评的话，你非得去，标准也不可太高了，现在先求有人演，那才看出戏的可能性，将来我回来，自然还得演过。不要忘了我的话。同时这夏天我真想你能写一两个短戏试试，有什么结构想到的就写信给我，我可以帮你想想，我对于话戏是有无穷愿望的，你非得大大地帮我忙，乖囡！

你身体怎样，昨天早起了不太累吗？冷东西千万少吃，多多保重，省得我在外提心吊胆的！

妈那里你去信了没有？如没，马上就写。她一个人在也是怪可怜的。爸爸、娘大概是得等竞武信，再定搬不搬；你一人在家各事都得警醒留神，晚上早睡，白天早起，各事也有个接洽，否则你迟睡，淑秀也不早起，一家子就没有管事的人了，那可不好。

文伯方才说美国汉玉不容易卖，因为他们不承认汉玉，且看怎样。明儿再写了，亲爱的，哥哥亲吻你一百次，祝你健安。

摩摩

十七日夜

[1] 徐志摩与陆小曼合著的一部剧本。

亲爱的：

我现在一个人在火车里往东京去；车子震荡得很凶，但这是我和你写信的时光，让我在睡前和你谈谈这一天的经过。济远隔两天就可以见你，此信到，一定远在他后，你可以从他知道我到日时的气色等等。他带回去一束手绢，是我替你匆匆买得的，不一定别致；到东京时有机会再去看看，如有好的，另寄给你。这真是难解决，一面是为爱国，我们决不能买日货，但到了此地看各样东西制作之玲巧，又不能不爱。济远说：你若来，一定得装几箱回去才过瘾。说起我让他过长崎时买一筐日本大樱桃给你，不知他能记得否。日本的枇杷大极了，但不好吃。白樱桃亦美观，但不知可口不。

我们的船从昨晚起即转入——岛国的内海，九州各岛灯火辉煌，于海波澎湃夜色苍茫中，各具风趣。今晨起看内海风景，美极了，水是绿的，岛屿是青的，天是蓝的；最相映成趣的是那些小渔船一个个扬着各色的渔帆，黄的、蓝的、白的、灰的，在轻波间浮游，我照了几张，但因背日光，怕不见好。饭后船停在神户口外，日本人上船来检验护照。

我上函说起那比较看得的中国的女子，大约是避绑票一类，全家到日本上岸。我和文伯说这样好，一船上男的全是蠢，女的全是丑，此去十余日如何受得了。我就想象如果乖你同来的话，我们可以多么堂皇地并肩而行，叫一船人尽都侧目！大风头非得到外国出，明年咱们一定得去西洋——单是为呼吸海上清新的空气也是值得的。

船到四时才靠岸，我上午发无线电给济远的，他所以约了鲍振青来接，另外同来一两个新闻记者，问这样问那样的，被我几句滑话给敷衍过去了，但相是得照一个的，明天的神户报上可见我们的尊容了。上岸以后，就坐汽车乱跑，街上新式的雪佛洛来跑车最多，买了一点东西，就去山里看雌雄泷瀑布，当年叔华的兄姊淹死或闪死的地方。我喜欢神户的山，一进去就扑鼻的清香，一般凉爽气侵袭你的肘腋，妙得很。一路上去有卖零星手艺及玩具的小铺子，和文伯买了两根刻花的手杖。我们到雌雄泷池边去坐谈了一阵，暝色从林木的青翠里浓浓的沁出，飞泉的声响充满了薄暮的空山：这是东方山水独到的妙处。下山到济远寓里小憩；说起洗澡，济远说现在不仅通伯敢于和别的女人一起洗，就是叔华都不怕和别的男性共浴，这是可咋舌的一种文明！

我们要了大葱面点饥，是葱而不臭，颇入味。鲍君为我发电报，只有平安两字，但怕你们还得请教小鹣，因为用日文发要比英文便宜几倍的价钱。出来又吃鳗饭，又为鲍君照相（此摄影大约可见时报）。赶上车，我在船上买的一等票，但此趟急行车只有睡车二等而无一等，睡车又无空位，怕只得坐这一宵了。明早九时才到东京，通伯想必来接。后日去横滨上船，想去日光或箱根一玩，不知有时候否。

曼，你想我不？你身体见好不？你无时不在我切念中，你千万保重，处处加爱，你已写信否？过了后天，你得过一个月才得我信，但我一定每天给你写，只怕你现在精神不好，信过长了使你心烦。我知道你不喜欢我说哲理话，但你知道你哥哥爱是深入骨髓的。我亲吻你一千次。

摩摩

十八日

Empress of Canada

June23rd，1928

Darling：

This is the 8th day on board and I haven't told you much about what it feels to be on board such a big ship as the Empress of Canada. The fact is we very much regret having taken to this boat instead of one of the Dollar—line boats. This is a Canada ship，a Britisher，not American. Consequently the atmosphere on board is pervaded with that British chill which is made doubly worse by the sea chill of the Northern Pacific. You mean to tell me this is summer time？ Yes，except in the sight of here and the barely surviving white flannels and white canvas shoes one finds it extremely difficult to make out any trace of summer. Enter the drawing room sand you feel（not surprisedly）the good of the radiators heartily at work again；go to the decks and you feel the good of caps and over coats and heavy shawls and thick team ship rugs tightly tugged round your sides；look at the sea and you are confronted with indifferent masses of steely water hemmed in by hazy horizons and over cast with a misty firmament that promises neither sunlight nor gold—hued clouds. And you mean to tell me that this is summer, the month of June?

Wemps just proposed a star plan to us which, if success—fully carried out will combine art and money. “Go to join the Hollywood crowd and make a million gold dollars of fortune out of say three years' work.” —He says he can think of no better plan than that.

全信译文如下：

亲爱的：

上船已八天，还不及对你细述我在加拿大女皇号这样的巨轮上的种种感想。事实上，我们颇为后悔乘坐这艘船而不是大莱公司的船。这是加拿大船，是英国式的而不是美国式的。因此船上无处不感到一种英国式的阴冷气氛，再加上北太平洋原有的阴冷空气，便更加不好受了。你不是告诉过我这是夏日吗？不错，可是除了难得见到的白色法兰绒上衣和白皮鞋之外，哪里还有什么夏日的迹象。走进客舱就会感到暖气开足的舒适，这又何足为奇；上了甲板，紧紧裹在帽子、大衣、厚实的围巾以至船用毯子中间才顶得住；放眼海面，只见灰暗的海水延伸到雾蒙蒙的天际，上面的苍穹同样是浓云密布的，不见一线的阳光或者彩云。你不是告诉过我这是盛夏的六月吗？

文伯刚给我们出了个去当明星的主意，如能实现，艺术上成功之外还能发财。“去好莱坞干它三年，挣上百万金元”——他说再没有更妙的主意了。

一九二八年六月二十三日

加拿大女皇号轮上

眉眉：

我说些笑话给你听：这一个礼拜每晚上，我都躲懒，穿上中国大褂不穿礼服，一样可以过去。昨晚上文伯说：这是星期六，咱们试试礼服吧。他早一个钟头就动手穿，我直躺着不动，以为要穿就穿，哪用着多少时候。但等到动手的时候，第一个难关就碰到了领子；我买的几个硬领尺寸都太小了些，这罪可就受大了，而且是笑话百出。因为你费了多大劲把它放进了一半，一不小心，它又out[1]了！简直弄得手也酸了，胃也快翻了，领子还是扣不进去。没法想，只得还是穿了中国衣服出去。今天赶一个半钟点前就动手，左难右难，哭不是，笑不是的麻烦了足足一个时辰，才把它扣上了。现在已经吃过饭，居然还不闹乱子，还没有out！这文明的麻烦真有些受不了。到美国我真想常穿中国衣，但又只有一件新做的可穿，我上次信要你替我去做，不知行不？

海行冷极了，我把全副行头都给套上，还觉得凉。天也阴凄凄的不放晴；在中国这几天正当黄梅，我们自从离开日本以来简直没有见过阳光，早晚都是这晦气脸的海和晦气脸的天。甲板上的风

[1] 出来。

又受不了，只得常常躲在房间里。唯一的消遣是和文伯谈天。这有味！我们连着谈了几天了，谈不完的天。今天一开眼就——喔，不错，我一早做一个怪梦，什么Freddy[1]叫陶太太拿一把根子闹着玩儿给打死了——开眼就捡到了Society ladies[2]的题目瞎谈，从唐瑛讲到“温大龙”（one dollar）[3]，从郑毓秀讲到小黑牛。这讲完了，又讲有名的姑娘，什么爱之花、潘奴、雅秋、亚仙的胡扯了半天。这讲了，又谈当代的政客，又讲银行家、大少爷、学者，学者们的太太们，什么都谈到了。曼！天冷了，出外的人格外思家。昨天我想你极了，但提笔写又写不上多少话；今天我也真想你，难过得很，许是你也想我了。这黄梅时阴凄的天气谁不想念他的亲爱的?

你千万自己处处格外当心——为我。

文伯带来一箱女衣，你说是谁的？陈洁如你知道吗？蒋介石的太太，她和张静江的三小姐在纽约，我打开她箱子来看了，什么尺呀，粉线袋，百代公司唱词本儿、香水、衣服，什么都有。等到纽约见了她，再作详细报告。

今晚有电影，Billie Dove[4]的，要去看了。

摩摩的亲吻

六月二十四日

[1] 弗雷迪。
[2] 社会名媛。
[3] 一美元。
[4] 比利·达夫，好莱坞女演员。

六月二十五

明天我们船过子午线，得多一天。今天是二十五，明天本应二十六，但还是二十五；所以我们在船上的多一个礼拜一，要多活一天。不幸我们是要回来的，这捡来的一天还是要丢掉的。这道理你懂不懂？小孩子！我们船是向东北走的，所以愈来愈冷。这几天太太小姐们简直皮小氅都穿出来了。但过了明天，我们又转向东南，天气就一天暖似一天。到了Victoria[1]就与上海相差不远了。美国东部纽约以南一定已经很热，穿这断命的外国衣服，我真有点怕，但怕也得挨。

船上吃饭睡足，精神养得好多，脸色也渐渐是样儿了。不比在上海时，人人都带些晦气色。身体好了，心神也宁静了。要不然我昨晚的信如何写得出？那你一看就觉得到这是两样了。上海的生活想想真是糟。陷在里面时，愈陷愈深；自己也觉不到这最危险，但你一跳出时，就知道生活是不应得这样的。

这两天船上稍为有点生气，前今两晚举行一种变相的赌博：

[1] 维多利亚港。

赌的是船走的里数，信上说是说不明白的。但是Auction sweep[1]一种拍卖倒是有点趣味——赔博的趣味当然。我们输了几块钱。今天下午，我们赛马，有句老话是：船顶上跑马，意思是走投无路。但我们却真的在船上举行赛马了。我说给你听：地上铺一条划成六行二十格的毯子，拿六只马——木马当然，放在出发的一头，然后拿三个大色子掷在地上；如其掷出来是一二三，那第一第二第三三个马就各自跑上一格；如其接着掷三个一点，那第一只马就跳上了三步。这样谁先跑完二十格，就得香槟。买票每票是半元，随你买几票。票价所得的总数全归香槟，按票数分得，每票得若干。比如六马共卖一百张票，那就是五十元。香槟马假如是第一马，买的有十票，那每票就派着十元。今天一共举行三赛，两次普通，一次“跳浜”；我们赢得了两块钱，也算是好玩。

[1] 扫荡拍卖。

第二个六月二十五

今天可纪念的是晚上吃了一餐中国饭，一碗汤是鲍鱼鸡片，颇可口，另有广东咸鱼草菇球等四盆菜。我吃了一碗半饭，半瓶白酒，同船另有一对中国人：男姓李，女姓宋，订了婚的，是广东李济深的秘书；今晚一起吃饭，饭后又打两圈麻将。我因为多喝了酒，多吃了烟，颇不好受；头有些晕，赶快逃回房来睡下了。

今天我把古董给文伯看：他说这不行，外国人最讲考据，你非得把古董的历史原原本本地说明不可。他又说：三代铜器是不含金质的，字体也太整齐，不见得怎样古；这究是几时出土，经过谁的手，经过谁评定，这都得有。凡是有名的铜器在考古书上都可以查得的。这克炉是什么时代，什么×铸的，为什么叫“克”？我走得匆促，不曾详细问明，请瑞午给我从详（而且须有根据，要靠得住）即速来一个信，信面添上——“via Seattle[1]”，可以快一个礼拜。还有那瓶子是明朝什么年代，怎样的来历，也要知道。汉玉我今天才打开看，怎么爸爸只给我些普通的。我上次见过一些药铲什么好些的，一样都没有，颇有些失望，但我当然去尽力试卖。文伯

[1] 经由西雅图。

说此事颇不易做，因为你第一得走门路，第二近年来美国人做冤大头也已经做出了头。近来很精明了，中国什么路货色什么行市，他们都知道。第二即使有了买主，介绍人的佣金一定不小，比如济远说在日本卖画，卖价五千，卖主真拿到手的不过三千，因为八大那张画他也没有敢卖，而且还有我们身份的关系，万一他们找出证据来说东西靠不住，我们要说大话，那很难为情。不过他倒是有这一路的熟人，且碰碰运气去看。竞武他们到了上海没有？我很挂念他们。要是来了，你可以不感寂寞，家下也有人照应了；如未到来信如何说法，我不另写信了；他们早晚到，你让他们看信就得。

我和文伯谈话，得益很多。他倒是在暗里最关切我们的一个朋友。他会出主意，你是知道的。但他这几年来单身人在银行界最近在政界怎样地做事，我也才完全知道，以后再讲给你听。他现在背着一身债，为要买一个清白，出去做事才立足得住。在一般人看来，他是一个大傻子；因为他放过明明不少可以发财的机会不要，这是他的品格，也显出他志不在小，也就是他够得上做我们朋友的地方。他倒很佩服娘，说她不但有能干而有思想，将来或许可以出来做做事。在船上是个极好反省的机会。我愈想愈觉得我俩有赶快Wake up[1]的必要。上海这种疏松生活实在是要不得，我非得把你身体先治好，然后再定出一个规模来，另辟一个世界，做些旁人做不到的事业，也叫爸娘吐气。

我也到年纪了，再不能做大少爷，马虎过日，近来感受种种的烦恼，这都是生活不上正轨的缘故。曼，你果然爱我，你得想想我

[1] 觉醒。

的一生，想想我俩共同的幸福；先求养好身体，再来做积极的事。一无事做是危险的，饱食暖衣无所用心，决不是好事。你这几个月身体如能见好，至少得赶紧认真学画和读些正书。要来就得认真，不能自哄自，我切实地希望你能听摩的话。你起居如何？早上何时起来？这第一要紧——生活革命的初步也。

摩亲吻你

曼：

不知怎的车老不走了，有人说前面碰了车；这可不是玩，在车上不比在船上，拘束得很，什么都不合式，虽则这车已是再好没有的了，我们单独占一个房间，另花七十美金，你说多贵！前昨的经过始终不曾说给你听，现在补说吧！Victoria这是有钱人休息的一个海岛，人口有六七万，天气最好，至热不过八十度，到冷不逾四十，草帽、白鞋是看不见的。住家的房子有很好玩的，各种的颜色玲巧得很，花木哪儿都是，简直找不到一家无花草的人家。这一季尤其各色的绣球花，红白的月季，还有长条的黄花，紫的香草，连绵不断的全是花。空气本来就清，再加花香，妙不可言。街道的干净也不必说。我们坐车游玩时正九时，家家的主妇正铺了床，把被单到廊下来晒太阳。送牛奶的赶着空车过去，街上静得很；偶尔有一两个小孩在街心里玩，但最好的地方当然是海滨：近望海里，群岛罗列，白鸟飞翔，已是一种极闲适之景致；远望更佳，夏令配克高峰都是戴着雪帽的，在朝阳里煊耀：这使人尘俗之念，一时解化。我是个崇拜自然者，见此如何不倾倒！游罢去皇后旅馆小憩；这旅馆也大极了，花园尤佳，竟是个繁花世界，草地之可爱，更是中国所不可得见。

中午有本地广东人邀请吃面，到一北京楼，面食不见佳，却有一特点：女堂倌是也。她那神情你若见了，一定要笑，我说你听。

姑娘是琼州生长的女娃！
生来粗眉大眼刮刮叫的英雄相，
打扮得像一朵荷花透水鲜，
黑绸裙，白丝袜，粉红的绸衫，
再配上一小方围腰；
她走道儿是玲叮当，
她开口时是有些儿风骚；
一双手倒是十指尖；
她跟你斟上酒又倒上茶……

据说这些打扮得娇艳的女堂倌，颇得洋人的喜欢。因为中国菜馆的生意不坏，她们又是走码头的，在加拿大西美名城子轮流做招待的。她们也会几只山歌，但不是大老板，她们是不赏脸的。下午四时上船，从维多利亚到西雅图，这船虽小，却甚有趣。客人多得很，女人尤多。在船上，我们不说女人没有好看的吗？现在好了，越向内地走，女人好看的似乎越多；这船上就有不少看得过的。但我倦极了，一上船就睡着了。这船上有好玩的，一组女人的音乐队，大约不是俄国便是波兰人吧！打扮得也有些妖形怪气的，胡乱吹打了半天，但听的人实在不如看的人多！船上的风景也好，我也无心看，因为到岸就得检验行李过难关。八时半到西雅图，还好，大约是金问泗的电报，领馆里派人来接，也多亏了他；出了些小费，行李居然安然过去。现在无妨了，只求得到主儿卖得掉，否则原货带回，也够扫兴的不是？当晚为护照行李足足弄了两小时，累得很；一到客栈，吃了饭，就上床睡。不到半夜又醒了，总是似梦非梦地见着你，怎么也睡不着。临睡前额角在一块玻璃角上撞起了一个窟窿，腿上也磕出了血，大约是小晦气，不要紧的，你们放心。昨天早上起来去车站买票，弄行李，离开车尚有一小时。雇一辆汽车去玩西雅图城，这是一个山城，街道不是上，就是下，有的峻险极了，看了都害怕。山顶就一只长八十里的大湖叫Lake Washington[1]。

可惜天阴，望不清。但山里住家可太舒服了。十一时上车，车头是电气的，在万山中开行，说不尽的好玩。但今朝又过好风景，我还睡着错过了！可惜。后天是美国共和纪念日，我们正到芝加哥。我要睡了，再会！

妹妹

摩

七月二日

[1] 华盛顿湖。

亲爱的：

整两天没有给你写信，因为火车上实在震动得太厉害，人又为失眠难过，所以索性耐着，到了纽约再写。你看这信笺就可以知道我们已经安到我们的目的地——纽约。方才浑身都洗过，颇觉爽快。这是一个比较小的旅馆，但房金每天合中国钱每人就得十元，房间小得很，虽则有澡室等等，设备还要得。出街不几步，就是世界有名的Fifth Ave[1]。这道上只有汽车，那多就不用提了。我们还没有到K.C.H那里去过，虽则到岸时已有电给他，请代收信件。今天这三两天怕还不能得信，除非太平洋一边的邮信是用飞船送的，那看来不见得。说一星期吧，眉你的第一封信总该来了吧，再要不来，我眼睛都要望穿了。眉，你身体该好些了吧？如其还要得，我盼望你不仅常给我写信，并且要你写得使我宛然能觉得我的乖眉小猫儿似的常在我的左右！我给你说说这几天的经过情形，最苦是连着三四晚失眠。前晚最坏了，简直是彻夜无眠，也不知道什么原因。一路火旺得很，一半许是水土，上岸头几天又没有得水果吃，所以烧得连口唇唇皮都焦黑了。现在好容易到了纽约，只是还得

[1] 第五大道。

忙；第一得寻一个适当的Apartment[1]。夏天人家出外避暑，许有好的出租。第二得想法出脱带来的宝贝。说起昨天过芝加哥，我们去Museum of Natural History[2]走来了。那边有一个玉器专家叫Lanfer，他曾来中国收集古董。印一本讲玉器的书，要卖三十五元美金。昨天因为是美国国庆纪念，他不在馆，没有见他。可是文伯开玩笑，给出一个主意，他让我把带来的汉玉给他看，如他说好，我就说这是不算数，只是我太太Madame Hsu Siaoman[3]的小玩意儿collection[4]她老太爷才真是好哪。他要同意的话，就拿这一些玉全借给他，陈列在他的博物院里；请本城或是别处的阔人买了捐给院里。文伯又说：我们如果吹得得法的话，不妨提议让他们请爸爸做他们驻华收集玉器代表。这当然不过是这么想，但如果成的话，岂不佳哉？我先寄此，晚上再写。

摩

一九二八年七月五日

[1] 公寓。

[2] 自然历史博物馆。

[3] 徐小曼太太。

[4] 收藏品。

爱眉：

久久不写中国字，写来反而觉得不顺手。我有一个怪癖，总不喜欢用外国笔墨写中国字，说不出的一种别扭，其实还不是一样的。昨天是十月三号，按阳历是我俩的大喜纪念日，但我想不用它，还是从旧历以八月二十七孔老先生生日那天作为我们纪念的好；因为我们当初挑的本来是孔诞日而不是十月三日，那你有什么意味？昨晚与老李喝了一杯Cocktail[1]，再吃饭，倒觉得脸烘烘热了一两个钟头。同船一班英国鬼子都是粗俗到万分，每晚不是赌钱赛马，就是跳舞闹，酒间里当然永远是满座的。这班人无一可谈，真是怪，一出国的英国鬼子都是这样的粗伧可鄙。那群舞女不必说，都是那一套，成天光着大腿子，打着红脸红嘴赶男鬼胡闹，淫骚粗丑的应有尽有。此外的女人大半都是到印度或缅甸去传教的一群干瘪老太婆，年纪轻些的，比如那牛津姑娘（要算她还有几分清气），说也真妙，大都是送上门去结婚的。我最初只发现那位牛津姑娘（她名字叫Sidebottom，多难听！）是新嫁娘，谁知接连又发现至九个之多，全是准备流血去的！单是一张饭桌上，就有六个大新

[1] 鸡尾酒。

娘，你说多妙！这班新娘子，按东方人看来也真看不惯，除了真丑的，否则每人也都有一个临时朋友，成天成晚地拥在一起，分明她们良心上也不觉得什么不自然，这真是洋人洋气。

我在船上饭量倒是特别好，菜单上的名色总得要过半。这两星期除了看书（也看了十来本书），多半时候，就在上层甲板看天看海。我的眼望到极远的天边。我的心也飞去天的那一边。眉你不觉得吗，我每每凭栏远眺的时候，我的思绪总是紧绕在我爱的左右，有时想起你的病态可怜，就不禁心酸滴泪。每晚的星月是我的良伴。

自从开船以来，每晚我都见到月，不是送她西没，就是迎她东升。有时老李伴着我，我们就看看海天，也谈着海天，满不管下层船客的闹，我们别有胸襟，别有怀抱，别有天地！

乖眉，我想你极了，一离马赛，就觉得归心如箭，恨不能一脚就往回赶。此去印度真是没法子，为还几年来的一个心愿，在老头升天以前再见他一次，也算尽我的心。像这样抛弃了我爱，远涉重洋来访友，也可以对得住他的了。所以我完全无意留连，放着中印度无数的名胜异迹，我全不管，一到孟买（Bombay）就赶去Calcutta[1]见了老头，再顺路一到大吉岭，瞻仰喜马拉雅的风采，就上船径行回沪。眉眉，我的心肝，你身体见好否？半月来又无消息，叫我如何放心得下，这信不知能否如期赶到，但是快了，再一个月你我又可交抱相慰的了！

香港电到时，盼知照我父。

摩的热吻

[1] 加尔各答。

小曼：

到今天才偷着一点闲来写信，但愿在写完以前更不发生打岔。到了北京是真忙，我看人，人看我，几个转身就把白天磨成了夜。先来一个简单的日记吧。

星期六在车上又逢着了李济之大头先生，可算是欢喜冤家，到处都是不期之会。车误了三个钟头，到京已晚十一时。老金、丽琳、瞿菊农，都来站接我：故旧重逢，喜可知也。老金他们已迁入叔华的私产那所小洋屋，和她娘分住两厢，中间公用一个客厅。初进厅老金就打哈哈，原来新月社那方大地毯，现在他家美美地铺着哪。如此说来，你当初有些错冤了王公厂了。

丽琳还是那旧精神，“开口难么闭口面”的有趣。老金长得更丑更蠢更笨更呆更木更傻不离难了！他们一开口当然就问你，直骂我，说什么都是我的不是，为什么不离开上海，为什么不带你去外国，至少上北京，为什么听你在腐化不健康的环境里耽着。这样那样的听说了一大顿，说得我哑口无言。本来是无可说的！丽琳告奋勇她要去上海看看你倒是怎么回事。种种的废话都是长翅膀的，可笑却也可厌。他俩还得向我开口正式谈判哪，可怕！

Emma已不和他们同住，不合适，大小姐二小姐分了家了。当晚

Emma也来了，她可也变了样，又老又丑，全不是原先巴黎、伦敦丰采，大为扫兴。

第二天星期一，早去协和，先见思成。梁先生[1]的病情谁都不能下断语，医生说希望绝无仅有，神智稍为清宁些，但绝对不能见客，一兴奋病即变相。前几天小便阻塞，过一大危险，亦为兴奋。因此我亦只得在门缝里张望，我张了两次：一次正躺着，难看极了，半只脸只见瘦黑而焦的皮包着骨头，完全脱了形了，我不禁流泪；第二次好些，他靠坐着和思成说话，多少还看出几分新会先生的神采。昨天又有变相，早上忽发寒热，抖战不止。热度升至四十以上，大夫一无捉摸；但幸睡眠甚好，饮食亦佳。老先生实在是绞枯了脑汁，流干了心血，病发作就难以支持；但也还难说，竟许他还能多延时日。梁大小姐[2]亦尚未到。思成因日前离津去奉，梁先生病已沉重，而左右无人作主，大为一班老辈朋友所责备。彼亦面黄肌瘦，看看可怜。林大小姐[3]则不然，风度无改，涡媚犹圆，谈锋尤健，兴致亦豪；且亦能吸烟卷喝啤酒矣！

星期中午老金为我召集新月故侣，居然尚有二十余人之多。计开：任叔永夫妇、杨景任、熊佛西夫妇、余上沅夫妇、陶孟和夫妇、邓叔存、冯友兰、杨金甫、丁在君、吴之椿、瞿菊农等，彭春临时赶到，最令高兴，但因高兴喝酒即多，以致终日不适，腹绞脑胀，下回自当留意。

星期晚间在君请饭，有彭春及思成夫妇，瞎谈一顿。昨天星一

---

[1] 即梁启超。

[2] 梁启超长女梁思顺。

[3] 即林徽因。

早去石虎胡同蹇老处，并见慰堂，略谈任师身后布置，此公可称以身殉学问者也，可敬！午后与彭春约同去清华，见金甫等。彭春对学生谈戏，我的票也给绑上了。没法摆脱。罗校长[1]居然全身披挂，威风凛凛，杀气腾腾，然其太太则十分循顺，劝客吃糖食十分殷勤也。晚归路过燕京，见到冰心女士；承蒙不弃，声声志摩，颇非前此冷傲，异哉。与P. C. 进城吃正阳楼双脆烧炸肥瘦羊肉，别饶风味。饭后看荀慧生翠屏山，配角除马富禄外，太觉不堪，但慧生真慧，冶荡之意描写入神，好！戏完即与彭春去其寓次长谈。谈长且畅，举凡彼此两三年来屯聚于中者一齐倾吐无遗，难得难得！直至破晓，方始入寐，彭春惧一时不能离南开；乃兄已去国，二千人教育责任，尽在九爷肩上，然彭春极想见曼，与曼一度长谈。一月外或可南行一次，我亦亟望其能成行也。

P. C. 真知你我者。如此知己，仅矣！今日十时去汇业见叔濂，门锁人愁，又是一番景象。此君精神颇见颓丧，然言自身并无亏空，不知确否。

午间思成、藻孙约饭东兴楼，重尝乌鱼蛋芙蓉鸡片。饭后去淑筠家，老伯未见，见其姬，函款面交。希告淑筠，去六阿姨处，无人在家，仅见黑哥之母。三舅母处想明日上午去，西城亦有三四处朋友也。今晚杨邓请饭，及看慧生全本《玉堂春》。明晚或可一见小楼、小余之八大槌。三日起居注，絮絮述来，已有许多，俱见北京友生之富。然而京华风色不复从前，萧条景象，到处可见，想了伤心。友辈都要我俩回来，再来振作番风雅市面，然而已矣！

---

[1] 时任清华大学校长罗家伦。

曼！日来生活如何，最在念中，腿软已见除否？夜间已移早否？我归期尚未能定。大约下星四动身。但梁如尔时有变，则或尚须展缓，文伯、慰慈已返京，尚未见。文伯麻子今煌煌大要人矣。

堂上均安不另。

汝摩亲吻

星期二

Darling:

车现停在河南境内（陇海路上），因为前面碰车出了事，路轨不曾修好，大约至少得误点六小时，这是中国的旅行。老舍处电想已发出，车到如在半夜，他们怕不见得来接，我又说不清他家的门牌号数，结果或须先下客栈。同车熟人颇多，黄稼寿带了一个女人，大概是姨太太之一。他约我住他家。我倒是想去看看他的古董书画。你记得我们有一次在他家吃饭，Obata请客吗？他的鼻子大得出奇，另有大鼻子同车，罗家伦校长先生是也。他见了我只是窘，尽说何以不带小曼同行，煞风景，煞风景，要不然就吹他的总司令长，何应钦、白崇禧，令人处处齿冷。

车上极挤，几乎不得坐位，因有相识人多定卧位，得以高卧。昨晚自十时半睡至今日十时，大畅美，难得。地在淮北河南，天气大寒，朝起初见雪花，风来如刺。此一带老百姓生活之苦，正不可以言语形容。同车有熟知民间苦况者，为言民生之难堪；如此天时，左近乡村中之死于冻饿者，正不知有多少。即在车上望去，见土屋墙壁破碎，有仅盖席子作顶，聊蔽风雨者。人民都有菜色，镶手寒战，看了真是难受。回想我辈穿棉食肉，居处奢华，尚嫌不足，这是何处说起。我每当感情动时，每每自觉惭愧，总有一天我也到苦难的人生中间去尝一分甘苦；否则如上海生活，令人筋骨衰腐，志气消沉，哪还说得到大事业！

眉，愿你多多保重，事事往远处、从大处想，即便心气和平，自在受用。你的特点即在气宽量大，更当以此自勉。我的话，前晚说的，千万常常记得，切不可太任性。盼有来信。

爸娘前请安，临行未道别为罪。

汝摩

星期五

眉：

前天一信谅到，我已安到北平。适之父子和丽琳来车站接我。胡家一切都替我预备好，被窝等等一应俱全。我的两件丝棉袍子一破一烧，胡太太都已替我缝好。我的房间在楼上，一大间，后面是祖望[1]的房，再过去是澡室，房间里有汽炉，舒适得很。温源宁要到今晚才能见，固此功课如何，都还不得而知；恐怕明后天就得动手工作。北京天气真好，碧蓝的天，大太阳照得通亮；最妙的是徐州以南满地是雪，徐州以北一点雪都没有。今天稍有风，但也不见冷。前天我写信后，同小郭去钱二黎处小坐，随后到程连士处（因在附近），程太太留吃点心，出门时才觉得时候太迟了些。车到江边跑极快，才走了七分钟，可已是六点一刻。最后一趟过江的船已于六点开走，江面上雾茫茫的只见几星轮船上的灯火。我想糟，真闹笑话了，幸亏神通广大，居然在十分钟内，找到了一只小火轮，单放送我过去。我一个人独立苍茫，看江涛滚滚，别有意境。到了对岸，已三刻，赶快跑，偏偏桔子篓又散了满地，狼狈之至。等到上车，只剩了五分钟，你说险不险！同房间一个救世军的小军官。

[1] 即胡适之子。

同车相识者有翁咏霓。车上大睡，第一晚因大热，竟至梦魇。一个梦是湘眉那猫忽然反了，约了另一只猫跳上床来攻打我：凶极了，我几乎要喊救命。说起湘眉要那猫，不为别的，因为她家后院也闹耗子，所以要她去镇压镇压。她在我们家，终究是客，不要过分亏待了她，请你关照荷贞等，大约不久，张家有便，即来携取的。我走后你还好否？想已休养了过来。过年是有些累；我在上海最苦是不够睡。娘好否？说我请安。硖石已去信否？小蝶墨盒及信已送否？大夏[1]六十元支票已送来否？来信均盼提及，电报不便，我或者不发了。此信大后日可到。你晚上睡得好否？立盼来信！常写要紧。早睡早起，才乖。

汝摩

二月二十四日

[1] 指上海大夏大学，徐志摩曾在该校兼课。

眉爱：

前日到后，一函托丽琳付寄，想可送到。我不曾发电，因为这里去电报局颇远，而信件三日内可到，所以省了。现在我要和你说的是我教书事情的安排。前晚温源宁来适之处，我们三个人谈到深夜。北大的教授（三百）是早定的，不成问题。只是任课比中大的多，不甚愉快。此外还是问题，他们本定我兼女大教授，那也有二百八，连北大就六百不远。但不幸最近教部严令禁止兼任教授，事实上颇有为难处，但又不能兼。如仅仅兼课，则报酬又甚微，六点钟不过月一百五十。总之此事尚未停当，最好是女大能兼教授，那我别的都不管，有二百八和三百，只要不欠薪，我们两口子总够过活。就是一样，我还不知如何，此地要我教的课程全是新的，我都得从头准备，这是件麻烦事；倒不是别的，因为教书多占了时间，那我愿意写作的时间就得受损失。适之家地方倒是很好，楼上楼下，并皆明敞。我想我应得可以定心做做工。奚若昨天自清华回，昨晚与丽琳三人在玉华台吃饭。老金今晚回，晚上在他家吃饭。我到此饭不曾吃得几顿，肚子已坏了。方才正在写信，底下又闹了笑话，狼狈极了；上楼去，偏偏水管又断了，一滴水都没有。你替我想想是何等光景？（请不要逢人就告，到底年纪不小了，有些难为情的。）最后要告诉你一件我决不曾意料的事：思成和徽音我以为他们早已回东北，因为那边学校已开课。我来时车上见郝更生夫妇，他们也说听说他们已早回，不想他们不但尚在北平而且出了大岔子，惨得很，等我说给你听：我昨天下午见了他们夫妇俩，瘦得竟像一对猴儿，看了真难过。你说是怎么回事？他们不是和周太太（梁大小姐）思永夫妇同住东直门的吗？一天徽音陪人到协和去，被她自己的大夫看见了，他一见就拉她进去检验，诊断的结果是病已深到危险地步，目前只有停止一切劳动，到山上去静养。孩子、丈夫、朋友、书，一切都须隔绝，过了六个月再说话，那真是一个晴天里霹雳。这几天小夫妻俩就像是热锅上的蚂蚁直转，房子在香山顶上有，但问题是叫思成怎么办？徽音又舍不得孩子，大夫又绝对不让，同时孩子也不强，日见黄白。你要是见了徽音，眉眉，你一定吃吓。她直连脸上的骨头都看出来了；同时脾气更来得暴躁。思成也是可怜，主意东也不是，西也不是。凡是知道的朋友，不说我，没有不替他们发愁的；真有些惨，又是爱莫能助，这岂不是人生到此天道宁论？丽琳谢谢你，她另有信去。你自己这几日怎样？何以还未有信来？我盼着！夜晚睡得好否？寄娘想早来。瑞午金子已动手否？盼有好消息！娘好否？我要去东兴，郑苏戡在，不写了。

摩吻

至爱妻：

到平已八日，离家已十一日，仅得一函，至为关念。昨得虞裳来书，称洵美得女，你也去道喜。见你左颊微肿，想必是牙痛未愈，或又发。前函已屡嘱去看牙医，不知已否去过，已见好否。我不在家，一切都须自己当心。即如此消息来，我即想到你牙痛苦楚模样，心甚不忍。要知此虚火，半因天时，半亦起居不时所至。此一时你须决意将精神身体全盘整理，再不可因循自误。南方不知已放晴否？乘此春时，正好努力。可惜你左右无精神振爽之良伴，你既有志，亦易于奄奄蹉跎。同时时日不待，光阴飞谢，实至可怕。即如我近两年，亦复苟安贪懒，一无朝气。此次北来，重行认真做事，颇觉吃力。但果能在此三月间扭回习惯，起劲做人，亦未为过晚。所盼者，彼此忍受此分居之苦，至少总应有相当成绩，庶几彼此可以告慰。此后日子借此可见光明，亦快心事也。此星期已上课，北大八小时，女大八小时，昨今均七时起身，连上四课。因初到须格外卖力（学生亦甚欢迎），结果颇觉吃力，明日更烦重，上午下午两处跑，共有五小时课。星六亦重，又因所排功课，皆非我所素习，不能不稍事预备，然而苦矣。晚睡仍迟，而早上不能不起。胡太太说我可怜，但此本分内事，连年舒服过当，现在正该加倍地付利息了。

女子大学的功课本是温源宁的，烦琐得很。八个钟点不算，倒是六种不同科目，最烦。地方可是太美了。原来是九爷府，后来常荫槐买了送给杨宇霆的。王宫大院，真是太好了。每日煤就得烧八十多元。时代真不同了。现在的女学生一切都奢侈，打扮真讲究，有几件皮大氅，着实耀眼。杨宗翰也在女大。我的功课都挤在星期三、四、五、六。这回更不能随便了。下半年希望能得基金讲座，那就好，教六个钟头，拿四五百元。余下功夫，有很可以写东西。目前怕只能做教匠。六阿姨他们昨天来此，今天我去。（第二次）赫哥请在一亚一吃饭。六姨定三月南去，小瑞亦颇想同行，不知成否。昨日元宵，我一人在寓，看看月色，颇念着你。半空中常见火炮，满街孩子欢呼。本想带祖望他们去城南看焰火，因要看书未去。今日下午亦未出门。赵元任夫妇及任叔永夫妇来便饭。小三等放花甚起劲。一年一度，元宵节又过去了。我此来与上次完全不同，游玩等事一概不来。除了去厂甸二次，戏也未看，什么也没有做。你可以放心。但我真是天天盼望你来信，我如此忙，尚且平均至少两天一信。你在家能有多少要公，你不多写，我就要疑心你不念着我。娘好否？为我请安。此信可给娘看看。我要做工了。

如有信件一起寄来。

你的摩摩

元宵后一日

至爱妻曼：

到今天才得你第二封信，真是眼睛都盼穿了。我已发过六封信，平均隔日一封也不算少，况且我无日无时不念着你。你的媚影站在我当前，监督我每晚读书做工，我这两日常责备她何以如此躲懒，害我提心吊胆，自从虞裳说你腮肿，我曾梦见你腮肿得西瓜般大。你是错怪了亲爱的。至于我这次走，我不早说了又说，本是一件无可奈何事。我实在害怕我自己真要陷入各种痼疾，那岂不是太不成话，因而毅然北来。今日崇庆也函说，母亲因新年劳碌发病甚详，我心里何尝不是说不出的难过。但愿天保佑，春气转暖以后，她可以见好。你，我岂能舍得。但思量各方情形，姑息因循大家没有好处，果真到了无可自救的日子那又何苦？所以忍痛把你丢在家里，宁可出外过和尚生活。我来后情形，我函中都已说及，将来你可以问胡太太即可知道。我是怎样一个乖孩子，学校上课我也颇为认真，希望自励励人，重新再打出一条光明路来。这固然是为我自己，但又何尝不为你亲眉，你岂不懂得？至于梁家，我确是梦想不到有此一着；况且此次相见与上回不相同，半亦因为外有浮言，格外谨慎，相见不过三次，绝无愉快可言。如今徽音偕母挈子，远在香山，音信隔绝，至多等天好时与老金、奚若等去看她一次。（她每日只有两个钟头可见客。）我不会伺候病，无此能干，亦无此心思：你是知道的，何必再来说笑我。我在此幸有工作，即偶尔感觉寂寞，一转眼也就过去；所以不放心的只有一个老母，一个你。还有娘始终似乎不十分了解，也使我挂念。我的知心除了你更有谁？你来信说几句亲热话，我心里不提有多么安慰？已经南北隔离，你再要不高兴我如何受得？所以大家看远一些，忍耐一些，我的爱你，你最知道，岂容再说。I may not love you so passionately as before but I love all the more sincerely and truly for all those years. And may this brief separation bring about another gush of passionate Iove from both sides so that each of us will be willing to sacrifice for the wake of the other！[1]我上课颇感倦，总是缺少睡眠。明日星期，本可高卧，但北大学生又在早九时开欢迎会，又不能不去。现已一时过，所以不写了。今晚在丰泽园，有性仁、老郑等一大群。明晚再写，亲爱的，我热烈地亲你。

摩

三月七日

[1] 我爱你可能不如从前那样热烈，但这些年来我的爱是更加诚挚，更加真心的。唯愿这次短暂的分离能使我俩再度迸发热烈的爱，甘心为对方献身！

眉：

上沅过沪，来得及时必去看你。托带现洋一百元，蜜饯一罐；余太太笑我那罐子不好，我说：外貌虽丑，中心甚甜。学校钱至今未领分文，尚有轇轕（他们想赖我二月份的）。但别急，日内即由银行寄。另有一事别忘，蔡致和三月二十三日出阁，一定得买些东西送，我贴你十元。蔡寓贝勒路恒庆里四十二（？）号，阿根知道，别误了期，不多写了。

摩

三月十六日

爱眉亲亲：

今天星四，本是功课最忙的一天，从早起直到五时半才完。又有莎菲茶会，接着Swan请吃饭，回家已十一时半，真累。你的快信在案上。你心里不快，又兼身体不争气，我看信后，十分难受。我前天那信也说起老母，我未尝不知情理。但上海的环境我实在不能再受。再窝下去，我一定毁；我毁，于别人亦无好处，于你更无光鲜。因此忍痛离开；母病妻弱，我岂无心？所望你能明白，能助我自救；同时你亦从此振拔，脱离痼疾；彼此回复健康活泼，相爱互助，真是海阔天空，何求不得？至于我母，她固然不愿我远离，但同时她亦知道上海生活于我无益，故闻我北行，绝不阻拦。我父亦同此态度；这更使我感念不置。你能明白我的苦衷，放我北来，不为浮言所惑：亦使我对你益加敬爱。但你来信总似不肯舍去南方。硖石是我的问题，你反正不回去。在上海与否，无甚关系。至于娘，我并不曾要你离开她。如果我北京有家，我当然要请她来同住。好在此地房舍宽敞，决不至如上海寓处的局促。我想只要你肯来，娘为你我同居幸福，决无不愿同来之理。你的困难，由我看来，决不在尊长方面，而完全是在积习方面[1]。积重难返，恋土情重是真的。（说起报载法界已开始搜烟，那不是玩！万一闹出笑话来，如何是好？这真是仔细打点的时机了）我对你的爱，只有你自己最知道，前三年你初沾上习的时候，我心里不知有几百个早晚，像有蟹在横爬，不提多么难受。但因你身体太坏，竟连话都不能说。我又是好面子，要做西式绅士的。所以至多只是短时间绷长着一个脸，一切都郁在心里。如果不是我身体茁壮，我一定早得神经衰弱。我决意去外国时是我最难受的表示。但那时唯一希冀是你能明白我的苦衷，提起勇气做人。我那时寄回的一百封信，确是心血的结晶，也是漫游的成绩。但在我归时，依然是照旧未改；并且招恋了不少浮言。我亦未尝不私自难受，但实因爱你过深，不惜处处顺你从着你，也怪我自己意志不强，不能在不良环境中挣出独立精神来。在这最近二年，多因循复因循，我可说是完全同化了。但这终究不是道理！因为我是我，不是洋场人物。于我固然有损，于你亦无是处。幸而还有几个朋友肯关切你我的健康和荣誉，为你我另开生路，固然事实上似乎有不少不便，但只要你这次能信从你爱摩的话，就算是你牺牲，为我牺牲。就算你和一个地方要好，我想也不至于要好得连一天都分离不开。况且北京实在是好地方。

你实在是过于执一不化，就算你这一次迁就，到北方来游玩一趟：不合意时尽可回去。难道这点面子都没有了吗？我们这对夫妻，说来也真是特别；一方面说，你我彼此相互的受苦与牺牲，不能说是不大。很少夫妇有我们这样的脚跟。但另一方面说，既然如

[1] 陆小曼吸食鸦片的恶习。

此相爱，何以又一再舍得相离？你是大方，固然不错，但事情总也有个常理。前几年，想起真可笑。我是个痴子，你素来知道的。你真的不知道我曾经怎样渴望和你两人并肩散一次步，或同出去吃一餐饭，或同看一次电影，也叫别人看了羡慕。但说也奇怪，我守了几年，竟然守不着一单个的机会，你没有一天不是Engaged[1]的，我们从没有Privacy[2]过。到最近，我已然部分麻木，也不想望那种世俗幸福。即如我行前，我过生日，你也不知道。我本想和你同吃一餐饭，玩玩。临别前，又说了几次，想要实行至少一次的约会，但结果我还是脱然远走，一单次的约会都不得实现。你说可笑不？这些且不说它，目前的问题：第一还是你的身体。你说我在家，你的身体不易见好，现在我不在家了，不正是你加倍养息的机会？所以你爱我，第一就得咬紧牙根，养好身体；其次想法脱离习惯，再来开始我们美满的结婚幸福。我只要好好下去，做上三两年工，在社会上不怕没有地位，不怕没有高尚的名誉。虽则不敢担保有钱，但饱暖以及适度的舒服总可以有。你何至于遽尔悲观？要知道，我亲亲至爱的眉眉，我与你是一体的，情感思想是完全相通的；你那里一不愉快，我这里立即感到。心上一不舒适，如何还有勇气做事？要知道我在这里确有些做苦工的情形。为的无非是名气，为的是有荣誉的地位，为的是要得朋友们的敬爱，方便尤在你。我是本有颇高地位，用不着从平地筑起，江山不难取得，何不勇猛向前？现在我需要我缺少的只是你的帮助与根据于真爱的合作。眉眉！大好的机

[1] 有约会。
[2] 私生活。

会为你我开着，再不可错过了。时候已不早（二时半），明日七时半即须起身。我写得手也成冰，脚也成冰。一颗心无非为你，聪明可爱的眉眉，你能不为我想想吗?

北大经过适之再三去说，已领得三百元。昨交兴业汇沪交账。女大无望，须到下月十日左右再能领钱，我又豁边了，怎好？南京日内或有钱，如到，来函提及。

祝你安好，孩子！上沅想已到，一百元当已交到。陈图南不日去申，要甚东西，来函告知。

你的摩摩

三月十九日星四

至爱眉：

前日发长函后，未曾得信。昨今两日特别忙，我说你听听：昨功课完后，三个地方茶会，又是外国人。你又要说顶不欢喜外国人，但北京有几个外国人确是并不讨厌，多少有学问，有趣味，所以你也不能一笔抹煞。你的洋人的印象多半是外交人员，但这不能代表的。昨晚又是我们二周聚餐同志的会期，先在丽琳处吃茶，后去玉华台吃饭，商量春假期内去逛长城十三陵或坛旃寺，我最想去大觉寺看数十里的杏花。王叔鲁本说请我去，不知怎样。饭后又去白宫跳舞场，遇见赫哥及小瑞一家，我和丽琳跳了几次；她真不轻，我又穿上丝棉，累得一身大汗。有一舞女叫绿叶，颇轻盈，极红。我居然也占着了一次，花了一元钱。北京真是一天热闹似一天，如果小张[1]再来，一定更见兴隆，虽则不定是北京之福。今天星期，上午来不少客，燕京清华都来请讲演。新近有胡先骕者又在攻击新诗，他们都要我出来辩护，我已答应，大约月初去讲。这一开端，更得见忙，然亦无法躲避，尽力做去就是。下午与丽龙去中央公园看圆明园遗迹展览，遇见不少朋友。牡丹已渐透红芽，春光已

[1] 即张学良。

露，四时回史家胡同，性仁、Rose来茶谈演戏事，性仁因孟和在南京病，明日南下。她如到上海，许去看你，又是一个专使。Rose这孩子真算是有她的；前天骑马闪了下来，伤了背腰。好！她不但不息，玩得更疯，当晚还去跳舞，连着三天照样忙，可算是Plucky[1]之极。方才到六点钟，又有一个年轻洋人开车来接她。海不久回来，听说派了京绥路的事。R演说她的闺房趣事，有声有色，我颇喜欢她的天真。但丽琳不喜欢她，我总觉得人家心胸狭窄，你以为怎样？七时我们去清水吃东洋饭。又是Miss Richard和Miss Jones[2]饭后去中和，是我点的戏，尚和玉的铁龙山，凤卿文昭关，梅的头二本虹霓关。我们都在后台看得很高兴。头本戏不好，还不如孟丽君。慧生、艳琴、姜妙香，更其不堪。二本还不错，这是我到此后初次看戏。明晚小楼又有戏（上星期有落马湖、安天会），但我不能去。眉眉，北京实在是比上海有意思得多，你何妨来玩玩。我到此不满一月，渐觉五宫美通，内心舒泰；上海只是销蚀筋骨，一无好处。我雕像有照片，你一定说不像，但要记得“他”没有戴上眼镜，你可以给洵美、小鹣看看。眉眉，我觉得离家已有十年，十分想念你。小蝶他们来时你同来不好吗？你不在，我总有些形单影只，怪不自然的。请你写信硖石问两件事：一，丽琳那包衣料；二，我要新茶叶。

你的丈夫摩

二十二日

[1] 有勇气。

[2] 理查德小姐和琼斯小姐。

贤妻如吻：

多谢你的工楷信，看过颇感爽气。小曼奋起，谁不低头。但愿今后天佑你，体健日增。先从绘画中发见自己本真，不朽事业，端在人为。你真能提起勇气，不懈怠，不间断地做去，不患不成名。但此时只顾培养功力，切不可容丝毫骄矜。以你聪明，正应取法上上，俾能于线条彩色间见真性情，非得人不知而不愠，未是君子。展览云云，非多年苦工以后谈不到。小曼聪明有余，毅力不足，此虽一般批评，但亦有实情。此后各须做到“一”字，拙夫不才，期相共勉。画快寄来，先睹为幸，此祝进步！

摩

四月一日

北平

爱眉：

昨晚打电后，母亲又不甚舒服，亦稍气喘，不绝呻吟。我二时睡，天亮醒回。又闻呻吟，睡眠亦不甚好。今日似略有热度，昨日大解，又稍进烂面，或有关系。

我等早八时即全家出门去沈家浜上坟。先坐船出市不远，即上岸走。蒋姑母谷定表妹亦同行。正逢乡里大迎神会。天气又好，遍里垅，尽是人。附近各镇人家亦雇船来看，有桥处更见拥挤。

会甚简陋，但乡人兴致极高，排场亦不小。田中一望尽绿，忽来千百张红白绸旗，迎风飘舞，蜿蜒进行，长十丈之龙。有七八彩砌，楼台亭阁，亦见十余。有翠香寄柬、天女散花、三戏牡丹、吕布、貂蝉等彩扮。高跷亦见，他有三百六十行，彩扮至趣。最妙者为一大白牯牛，施施而行，神气十足。据云此公须尽白烧一坛，乃肯随行。此牛殊有古希风味，可惜未带照相器，否则大可留些印象。此时方回，明后日还有迎会。

请问洵美有兴致来看乡下景致否？亦未易见到，借此来硤一次何如。方才回镇，船傍岸时，我等俱已前行。父亲最后，因篙支不稳，仆倒船头，幸未落水。老人此后行动真应有人随侍矣。今晚父亲与幼仪、阿欢同去杭州。我一个人留此伴母。可惜你行动不能自由，梵皇渡今亦有检查，否则同来侍病，岂不是好？

洵美诗你已寄出否？明日想做些工，肩负过多，不容懒矣。你昨晚睡得好否？牙如何？至念！回头再通电，你自己保重！

摩

四月九日星期四

爱眉：

我昨夜痧气，今日浑身酸痛；胸口气塞，如有大石压住，四肢瘫软无力。方才得你信颇喜，及拆看，更增愁闷。你责备我，我相当地忍受。但你信上也有冤我的话；再加我这边的情形你也有所不知。我家欺你，即是欺我：这是事实。我不能护我的爱妻，且不能护我自己：我也懊懑得无话可说。再加不公道的来源，即是自家的父亲，我那晚挺撞了几句，他便到灵前去放声大哭。外厅上朋友都进来劝不住，好容易上了床，还是唉声叹气地不睡。我自从那晚起，脸上即显得极分明，人人看得出。除非人家叫我，才回话。连爸爸我也没有自动开口过。这在现在情势下，我又无人商量，电话上又说不分明，又是在热孝里，我为母亲关系，实在不能立即便有坚决表示：这你该原谅。至于我们这次的受欺压，（你真不知道大殓那天，我一整天的绞肠的难受）我虽懦顺，决不能就此罢休。但我却要你和我靠在一边，我们要争气，也得两人同心合力地来。我们非得出这口气，小发作是无谓的。别看我脾气好，到了僵的时候，我也可以僵到底的。并且现在母亲已不在。我这份家，我已经一无依恋。父亲爱幼仪，自有她去孝顺，再用不到我。这次拒绝你，便是间接离绝我，我们非得出这口气。所以第一你要明白，不可过分责怪我。自己保养身体，加倍用功。我们还有不少基本事情，得相互同心地商量，千万不可过于懊恼，以致成病。千万千万！至于你说我通同他人来欺你，这话我要叫冤。上星期六我回家，同行只有阿欢和惺堂。他们还是在北站上车的，我问阿欢，他娘在哪里，他说在沧洲旅馆，硖石不去。那晚上母亲万分危险，我一到即蹲在床里，靠着她，真到第二天下午幼仪才来。（我后来知道是爸爸连去电话催来的）我为你的事，从北方一回来，就对父亲说。母亲的话，我已对你说过，父亲的口气，十分坚决，竟表示你若来他即走。随后我说得也硬。他（那天去上海）又说，等他上海回来再说。所以我一到上海．心里十分难受，即请你出来说话，不想你倒真肯做人，竟肯去父亲处准备受冷肩膀。我那时心里十分感爱你的明大体。其实那晚如果见了面，也许可讲通（父亲本是吃软不吃硬的）。不幸又未相逢。连着我的脚又坏得寸步难移，因而下一天出门的机会也就没有。等到星六上午父亲从硖石来电话，说母亲又病重，要我带惺堂立即回去，我即问小曼同来怎样，他说“且缓，你先安慰她几句吧！”所以眉眉，你看，我的难才是难。以前我何尝不是夹在父母与妻子中间做难人，但我总想拉拢，感情要紧。有时在父母面上你不很用心，我也有些难过。但这一次你的心肠和态度是十分真纯而且坦白，这错我完全派在父亲一边。只是说来说去，碍于母丧，立时总不能发作。目前没有别的，只能再忍。我大约早到五月四日，迟到五月五日即到上海，那时我你连同娘一起商量一个办法，多可要出这口气。同时你若能想到什么办法，最好先告知我，我们可以及早计算。我在此仅有机会向沈舅及许姨两处说过。好在到最后，一支笔总在我手里。我倒要看父亲这样偏袒，能有什么好结果，谁能得什么好处，人的倔强性往往造成不必要的悲惨。现在竟到我们的头上了，真可叹！但无论如何，你得硬起心肠，先把此事放在一边，尤要不可过分责怪我。因为你我相爱，又同时受侮，若再你我间发生裂痕，那不正中了他人之计了吗？

这点，你聪明人仔细想想，不可过分感情作用，记好了。娘听了我，想也一定赞同我的意见的。我仍旧向你我唯一的爱妻希冀安慰。

汝摩

二十七日

眉眉我爱：

你又犯老毛病了，不写信。现在北京上海间有飞机信，当天可到。我离家已一星期，你如何一字未来，你难道不知道我出门人无时不惦着家念着你吗？我这几日苦极了，忙是一件事，身体又不大好。一路来受了凉，就此咳嗽，出痰甚多。前两晚简直呛得不停，不能睡；胡家一家子都让我咳醒了。我吃很多梨，胡太太又做金银花、贝母等药给我吃，昨晚稍好些。今日天雨，忽然变凉。我出门时是大太阳，北大下课到奚若家中饭时，冻得直抖。恐怕今晚又不得安宁。我那封英文信好像寄航空的，到了没有？那一晚我有些发疯，所以写信也有些疯头疯脑的，你可不许把信随手丢。我想到你那乱，我就没有勇气写好信给你。前三年我去欧美印度时，那九十多封信都到哪里去了？那是我周游的唯一成绩，如今亦散失无存，你总得改良改良脾气才好。我的太太，否则将来竟许连老爷都会被你放丢了的。你难道我走了一点也不想我？现在弄到我和你在一起倒是例外，你一天就是吃，从起身到上床，到合眼，就是吃。也许你想芒果或是想外国白果倒要比想老爷更亲热更急。老爷是一只牛，他的唯一用处是做工赚钱，——也有些可怜：牛这两星期不但要上课还得补课，夜晚又不得睡，心里也不舒泰。天时再一坏，竟是一肚子的灰了！太太，你恶心字儿都不肯寄一个来？大概你们到杭州去了，恕我不能奉陪，希望天时好，但终得早起一些才赶得上阳光。北京花市极阑珊，明后天许陪歆海他们去明陵长城。但也许不去。娘身体可好？甚念！这回要等你来信再写了。

照片一包。已找到，在小箱中。

摩

星四

爱妻：

昨天大群人出城去玩。歆海一双，奚若一双，先到玉泉。泉水真好，水底的草叫人爱死，那样的翡翠才是无价之宝。还有的活的珍珠泉水，一颗颗从水底浮起，不由得看的人也觉得心泉里有灵珠浮起。次到香山，看访徽音，养了两月，得了三磅，脸倒叫阳光逼黑不少，充印度美人可不乔装。

归途上大家讨论夫妻。人人说到你，你不觉得耳根红热吗？他们都说我脾气太好了，害得你如此这般。我口里不说，心想我曼总有逞强的一天，他们是无家不冒烟，这一点我俩最沾光，也不安烟囱，更不说烟。

这回我要正式请你陪我到北京来，至少过半个夏。但不知你肯不肯赏脸。景任十分疼你，因此格外怪我，说我老爷怎的不做主。话说回来，我家烟虽不外冒，恰反向里咽，那不是更糟糕更缠牵？你这回西湖去，若再不带回一些成绩，我替你有些难乎为颜，奋发点儿吧，我的小甜娘！也是可怜我们，怎好不顺从一二？

我方才看到一首劝孝，词意十分恳切，我看了，有些眼酸，因此抄一份给你，相期彼此共勉。

蒋家房子事，已向小蝶谈过否？何无回音？我们此后用钱更应仔细。蔗青那里我有些愁，过节时怕又得淹蹇，相差不过一月，及早打点为是。

娘一人守家多可怜，但我希望你游西湖心快活，身体强健。

你的摩

五月十六日

宝贝：

你自杭自沪来信均到，甚慰。我定星一（即二十五）下午离平，星三晚十时可到沪（或迟一班车到亦难说。叫阿根十时即去不误）。次日星期四（二十八）一早七时或迟至九时车去硖石，因为即是老太爷寿辰。再隔两天，即是开吊，你得预备累乏几天。最好我到那晚，到即能睡，稍得憩息，也是好的。我这几天累得不成话，一切面谈！

汝摩

北平

请电话通知洵美，二十七日晚我家有事交代，请别忘。

眉爱：

昨晚到家中，设有暖寿素筵。外客极少，高炳文却在老屋里。老小男女全来拜寿。新屋客有蒋姑母及诸弟妹，何玉哥、辰嫂、娟哥等。十一时起斋佛，伯父亦搀扶上楼（佛台设楼中间），颇热闹。我打了几圈牌，三时后上床。我睡东厢自己床，有罗纱帐，一睡竟对时，此时（四时）方始下楼。你回家须买些送人食品，不需贵重。行前（后天即阴历十四）先行电知。三时十五分车，我自会到站相候。侍儿带谁？此间一切当可舒服。余话用电时再说。娘请安。

摩摩

十三日

我至爱的老婆：

先说几件事，再报告来平后行踪等情。第一，文伯怎么样了？我盼着你来信，他三弟想已见过，病情究有甚关系否？药店里有一种叫因陈，可煮当水喝，甚利于黄病。仲安确行，医治不少黄病。他现在北平，伺候副帅。他回沪定为他调理如何？只是他是无家之人，吃中药极不便，梦绿家或我家能否代煎？盼即来信。

第二是钱的问题，我是焦急得睡不着。现在第一盼望节前发薪，但即节前有，寄到上海，定在节后，而二百六十元期转眼即到，家用开出支票，连两个月房钱亦在三百元以上，节还不算。我不知如何弥补得来，借钱又无处开口。我这里也有些书钱、车钱、赏钱，少不了一百元，真的踌躇极了。本想有外快来帮助，不幸目前无一事成功，一切飘在云中，如何是好？钱是真可恶，来时不易，去时太易。我自阳历三月起，自用不算，路费等等不算，单就付银行及你的家用，已有二千零五十元。节上如再寄四百五十元，正合二千五百元，而到六月底还只有四个月，如连公债果能抵得四百元，那就有三千元光景，按五百元一月，应该尽有富余，但内中不幸又夹有债项。你上节的三百元，我这节的二百六十元，就去了五百六十元，结果拮据得手足维艰。此后又已与老家说绝，缓急无可通融。我想想，我们夫妻俩真是醒起才是！若再因循，真不是道理。再说我原许你家用及特用每月以五百元为度，我本意教书而外，另有翻译方面二百可得，两样合起，平均相近六百，总还易于维持。不想此半年各事颠倒，母亲去世，我奔波往返，如同风里篷帆。身不定，心亦不定，莎士比亚更如何译得？结果仅有学校方面五百多，而第一个月又被扣了一半。眉眉亲爱的，你想我在这情形下，张罗得苦不苦？同时你那里又似乎连五百都还不够用似的，那叫我怎么办？我想好好和你商量，想一长久办法，省得拔脚窝脚，老是不得干净。家用方面，一是（屋子），二是（车子），三是（厨房）：这三样都可以节省，照我想一切家用此后非节到每月四百，总是为难。眉眉，你如能真心帮助我，应得替我想法子，我反正如果有余钱，也决不自存。我靠薪水度日，当然梦想不到积钱，唯一希冀即是少债，债是一件degrading and humiliating thing[1]。眉，你得知道有时竟连最好朋友都会因此伤到感情的，我怕极了的。

写至此，上沅夫妇来打了岔，一岔真岔到下午六时。时间真是不够支配。你我是天成的一对，都是不懂得经济，尤其是时间经济。关于家务的节省，你得好好想一想，总得根本解决车屋厨房才是。我是星四午前到的，午后出门。第一看奚若，第二看丽琳叔华。叔华长胖了好些，说是个有孩子的母亲，可以相信了。孩子更胖，也好玩，不怕我，我抱她半天。我近来也颇爱孩子。有伶俐相的，我真爱。我们自家不知到哪天有那福气，做爸妈抱孩子的福气。听其自然是不成的，我们都得想法，我不知你肯不肯。我想你

[1] 使人难堪和丢脸的事。

如果肯为孩子牺牲一些，努力戒了烟，省得下来的是大烟里。哪怕孩子长成到某种程度，你再吃。你想我们要有，也真是时候了。现在阿欢已完全与我不相干的了。至少我们女儿也得有一个，不是？这你也得想想。

星四下午又见杨今甫，听了不少关于俞珊的话。好一位小姐，差些一个大学都被她闹散了。梁实秋也有不少丑态，想起来还算咱们露脸，至少不曾闹什么话柄。夫人！你的大度是最可佩服的。北京最大的是清华问题，闹得人人都头昏。奚若今天走，做代表到南京，他许去上海来看你，你得约洵美请他玩玩。他太太也闹着要离家独立谋生去，你可以问问他。

星五午刻，我和罗隆基同出城。先在燕京，叔华亦在，从文亦在，我们同去香山看徽音。她还是不见好，新近又发了十天烧，人颇疲乏。孩子倒极俊，可爱得很，眼珠是林家的，脸盘是梁家的。昨在女大，中午叔华请吃鲥鱼蜜酒，饭后谈了不少话，吃茶。有不少客来，有Rose,熊光着脚不穿袜子，海也不回来了，流浪在南方已有十个月，也不知怎么回事。她亦似乎满不在意，真怪。昨晚与李大头在公园，又去市场看王泊生戏，唱逍遥津，大气磅礴，只是有气少韵。座不甚佳，亦因配角太乏之故。今晚唱探母，公主为一民国大学生，唱还对付，貌不佳。他想搭小翠花，如成，倒有希望叫座。此见下海亦不易。说起你们唱戏，现在我亦无所谓了。你高兴，只有俦伴合式，你想唱无妨，但得顾住身体。此地也有捧雪艳琴的。有人要请你做文章。昨天我不好受，头腹都不适。冰淇淋吃太多了。今天上午余家来，午刻在莎菲家，有叔华、冰心、今甫、性仁等，今晚上沅请客，应酬真烦人，但又不能不去。

说你的画，叔华说原卷太差，说你该看看好些的作品。老金、丽琳张大了眼，他们说孩子是真聪明，这样聪明是糟了可惜。他们总以为在上海是极糟，已往确是糟，你得争气，打出一条路来，一鸣惊人才是。老邓看了颇夸，他拿付裱，裱好他先给题，杏佛也答应题，你非得加倍用功小心，光娘的信到了，照办就是。请知照一声，虞裳一二五元送来否？也问一声告我。我要走了，你得勤写信。乖！

你的摩

十四日

爱眉：

昨天在Rose家见三伯母，她又骂我不搬你来；骂得词严义正，我简直无言答对！

离家已一星期，你还无信，你忙些什么？文伯怎样了？此地朋友都关切，如能行动，赶快北来，根本调理为是。奚若已到南京，或去上海看他。节前盼能得到薪水，一有即寄银行。

我家真算糊涂，我的衣服一共能有几件？此来两件单哔叽都不在箱内！天又热，我只有一件白大褂，此地做又无钱，还有那件羽纱，你说染了再做的，做了没有？

我要洵美（姜黄的）那样的做一件。还有那匹夏布做两件大褂，余下有多，做衫裤，都得赶快做。你自己老爷的衣服，劳驾得照管一下。我又无人可商量的。做好立即寄来等穿，你们想必又在忙唱，唱是也得到北京来的。昨晚我看几家小姐演戏，北京是演戏的地方，上海不行的，那有什么法子！

今晚在北海，有金甫、老邓、叔华、性仁，风光的美不可言喻。

星光下的树你见过没有？还有夜莺；但此类话你是不要听的，我说也徒然。

硖石有无消息，前天那飞信是否隔一天到？

你身体如何？在念。

摩

六月十六日

眉眉至爱：

第三函今晨送到。前信来后，颇愁你身体不好，怕又为唱戏累坏。本想去电阻止你的，但日子已过。今见信，知道你居然硬撑了过去，可喜之至！好不好是不成问题，不出别的花样已是万幸。这回你知道了吧？每天贪吃杨梅荔枝，竟连嗓子都给吃扁了。一向擅场的戏也唱得不是味儿了。以后还听不听话？凡事总得有个节制，不可太任性。你年近三十，究已不是孩子。此后更当谨细为是！目前你说你立志要学好一门画，再见从前朋友：这是你的傲气地方，我也懂得，而且同情。只是既然你专心而且诚意学画，那就非得取法乎上（不可），第一得眼界高而宽。上海地方气魄终究有限。瑞午老兄家的珍品恐怕靠不住的居多。我说了，他也许有气。这回带来的画，我也不曾打开看。此地叔存他们看见，都打哈哈！笑得我脸红。尤其他那别出心裁的装璜，更教他们摇头。你临的那幅画也不见得高明。不过此次自然是我说明是为骗外国人的。也是我太托大。事实上，北京几个外国朋友看中国东西就够刁的。画当然全部带回。娘的东西如要全部收回，亦可请来信提及，当照办！他们看来，就只一个玉瓶，一两件瓷还可以，别的都无多希望。少麻烦也好，我是不敢再瞎起劲的了！再说到你学画，你实在应得到北京来才是正理。一个故宫就够你长年揣摹。眼界不高，腕下是不能有神的。凭你的聪明，决不是临摹就算完毕事。就说在上海，你也得想法去多看佳品。手固然要勤，脑子也得常转动，才能有趣味发生。说回来，你恋土重迁是真的。不过你一定要坚持的话，我当然也只能顺从你；但我既然决在北大做教授，上海现时的排场我实在担负不起。夏间一定得想法布置。你也得原谅我。我一人在此，亦未尝不无聊，只是无从诉说。人家都是团圆了。叔华已得了通伯，徽音亦有了思成，别的人更不必说常年常日不分离的。就是你我，一南一北。你说是我甘愿离南，我只说是你不肯随我北来。结果大家都不得痛快。但要彼此迁就的话，我已在上海迁就了这多年，再下去实在太危险，所以不得不猛省。我是无法勉强你的；我要你来，你不肯来，我有什么法想？明知勉强的事是不彻底的；所以看情形，恐怕只能各是其是。只是你不来，我全部收入，管上海家尚虑不足。自己一人在此，决无希望独立门户。胡家虽然待我极好，我不能不感到寄人篱下，我真也不知怎样想才好！

我月内决不能动身。说实话，来回票都卖了垫用。这一时借钱度日。我在托歆海替我设法飞回。不是我乐意冒险，实在是为省钱。况且欧亚航空是极稳定的，你不必过虑。

说到衣服，真奇怪了。箱子是我随身带的。娘亲手理的满满的，到北京才打开。大褂只有两件：一件新的白羽纱，一件旧的厚蓝哔叽。人和那件方格和折夹做单的那件条子都不在箱内，不在上海家里在哪里？准是荷贞糊涂，又不知乱塞到哪里去了！

如果牯岭已有房子，那我们准定去。你那里着手准备，我一回上海就去。只是钱又怎么办？说起你那公债到底押得多少？何以始终不提?

你要东西，吃的用的，都得一一告知我，否则我怕我是笨得于此道一无主意!

你的画已裱好，很神气的一大卷。方才在公园里，王梦白、杨仲子诸法家见我挟着卷子，问是什么精品，我先请老乡题，此外你要谁题，可点品，适之，要否?

我这人大约一生就为朋友忙！来此两星期，说也惭愧，除了考试改卷算是天大正事，此外都是朋友，永远是朋友。杨振声忙了我不少时间，叔华、从文又忙了我不少时间，通伯、思成又是，蔡先生，钱昌照（次长）来，又得忙配享。还有洋鬼子！说起我此来，舞不曾跳，窖子倒去过一次，是老邓硬拉去的。再不去了，你放心!

杏子好吃，昨天自己爬树，采了吃，树头鲜，才叫美!

你务必早些睡！我回来时再不想熬天亮！我今晚特别想你，孩子，你得保重才是。

你的亲摩

六月二十五日

爱眉：

你昨天的信更见你的气愤，结果你也把我气病了。我愁得如同见鬼，昨晚整宵不得睡。乖！你再不能和我生气。我近几日来已为家事气得肝火常旺，一来就心烦意躁，这是我素来没有的现象。在这大热天，处境已经不顺，彼此再要生气，气成了病，那有什么趣味？去年夏天我病了有三星期，今年再不能病了。你第一不可生气，你是更气不动。我的愁大半是为你在愁，只要你说一句达观话，说不生我气，我心里就可舒服。

乖！至少让我俩心平意和地过日子，老话说得好，逆来要顺受。我们今年运道似乎格外不佳。我们更当谨慎，别带坏了感情和身体。我先几信也无非说几句牢骚话，你又何必认真，我历年来还不是处处依顺着你的。我也只求你身体好，那是最要紧的。其次，你能安心做些工作。现在好在你已在画一门寻得门径，我何尝不愿你竿头日进。你能成名，不论哪一项都是我的荣耀。即如此次我带了你的卷子到处给人看，有人夸，我心里就喜，还不是吗？一切等到我到上海再定夺。天无绝人之路，我也这么想，我计算到上海怕得要七月十三四，因为亚东等我一篇《醒世姻缘》的序，有一百元酬报，我也已答应，不能不赶成，还有另一篇文章也得这几天内赶好。

文伯事我有一函怪你，也错怪了。慰慈去传了话，吓得文伯长篇累牍地来说你对他一番好意的感激话。适之请他来住。我现在住的西楼。

老金他们七月二十离北平，他们极抱憾，行前不能见你。小叶婚事才过，陈雪屏后天又要结婚，我又得相当帮忙。上函问向少蝶帮借五百成否?

竞处如何？至念。我要你这样来电，好叫我安心（北平电报挂号）。“董胡摩慰即回眉”七个字，花大洋七毛耳。祝你好。

摩亲吻

四日

爱妻小眉：

真糟，你花了三角一分的飞快，走了整六天才到。想是航空、铁轨全叫大水冲昏了，别的倒不管，只是苦了我这几天候信的着急！

我昨函已详说一切，我真的恨不得今天此时已到你的怀抱——说起咱们久别见面，也该有相当表示，你老是那坐着躺着不起身，我枉然每回想张开胳膊来抱你亲你，一进家门，总是扫兴。我这次回来，咱们来个洋腔，抱抱亲亲如何？这本是人情，你别老是说那是湘眉一种人才做得去。就算给我一点满足，我先给你商量成不成？我到家时刻，你可以知道，我既不想你到站接我，至少我亦人情的希望，在你容颜表情上看得出对我一种相当的热意。

更好是屋子里没有别人，彼此不致感受拘束。况且你又何尝是没有表情的人？你不记得我们的“翡冷翠的一夜”在松树七号墙角里亲别的时候？我就不懂何以做了夫妻，形迹反而得往疏里去！那是一个错误。我有相当情感的精力，你不全盘承受，难道叫我用凉水自浇身？我钱还不曾领到，我能如愿的话，可以带回近八百元，垫银行空尚勉强，本月月费仍悬空，怎好？

我遵命不飞，已定十二快车，十四晚可到上海。记好了！连日大雨，全城变湖，大门都出不去。明日如晴，先发一电安慰你。

乖！我只要你自珍自爱，我希望到家见到你一些欢容，那别的困难就不难解决。请即电知文伯，慰慈，盼能见到！娘好否？至念！

你的鞋花已买，水果怕不成。我在狠命写《醒世姻缘》序，但笔是秃定的了，怎样好？

诗倒作了几首，北大招考，尚得帮忙。

老金、丽琳想你送画，他们二十走，即寄尚可及。

杨宗翰（字伯屏）也求你画扇。

你的亲摩

七月八日

宝贝：

一转眼又是三天。西林今日到沪，他说一到即去我家。水果恐已不成模样，但也是一点意思。文伯去时，你有石榴吃了。他在想带些什么别致东西给你。你如想什么，快来信，尚来得及。你说要给适之写信，他今日已南下，日内可到沪。他说一定去看你。你得客气些，老朋友总是老朋友，感情总是值得保存的。你说对不？小蝶处五百两，再不可少，否则更僵。原来他信上也说两，好在他不在这“两”“元”的区别，而于我们却有分寸：可老实对他说，但我盼望这信到时，他已为我付银行。请你写个条子叫老何持去兴业（静安寺路）银行，问锡璜，问他我们账上欠多少。你再告诉我，已开出节账，到哪天为止，共多少，连同本月的房钱一共若干，还有少蝶那笔钱也得算上。如此连家用到十月底尚须清多少，我得有个数。账再来设法弥补。你知道我一连三月，共需扣去三百元。大雨那里共三百元，现在也是无期搁浅。真是不了。你爱我，在这窘迫时能替我省，我真感谢。我但求立得直，以后即要借钱也没有路了，千万小心。我这几天上课应酬忙。我来说给你听：星一晚上有四个饭局之多。南城、北城、东城都有，奔煞人。星二徽音山上下来，同吃中饭，她已经胖到九十八磅。你说要不要静养，我说你也得到山上去静养，才能真的走上健康的路。上海是没办法的。我看样子。徽音又快有宝宝了。

星二晚，适之家饯西林行，我冻病了。昨天又是一早上课。饭后王叔鲁约去看房子，在什方院。我和慰慈同去。房子倒是全地板，又有澡间；但院子太小，恐不适宜，我们想不要。并且你若一时不来，我这里另开门户，更增费用，也不是道理。关了房子，去协和，看奚若。他的脚病又发作了，不能动，又得住院两星期，可怜！晚上，××等在春华楼为适之饯行。请了三四个姑娘来，饭后被拉到胡同。对不住，好太太！我本想不去，但××说有他不妨事。××病后性欲大强，他在老相好鹣鹣外又和一个红弟老七生了关系。昨晚见了，肉感颇富。她和老三是一个班子，两雌争××，醋气勃勃，甚为好看。今天又是一早上课，下午睡了一晌。五点送适之走。与杨亮功、慰慈去正阳楼吃蟹、吃烤羊肉。八时又去德国府吃饭，不想洋鬼子也会逛胡同，他们都说中国姑娘好。乖，你放心！我决不拈花惹草。女人我也见得多，谁也没有我的爱妻好。这叫做曾经沧海难为水，除却巫山不是云。我每天每夜都想你。一晚我做梦，飞机回家，一直飞进你的房，一直飞上你的床，小鸟儿就进了窠也，美极！可惜是梦。想想我们少年夫妻分离两地，实在是不对。但上海决不是我们住的地方。我始终希望你能搬来共享些闲福。北京真是太美了，你何必沾恋上海呢？大雨[1]的事弄得极糟。他到后，师大无薪可发，他就发脾气，不上课，退还聘书。他可不知道这并非亏待他一人，除了北大基金教授每月领薪，此外人人都得

[1] 孙大雨。

耐心等。今天我劝了他半天，他才答应去上一星期的课；因为他如其完全不上课，那他最初领的一二百元都得还，那不是更糟。他现住欧美同学会，你来个信劝劝他，好不好？中国哪比得外国，万事都得将就一些。你说是不是？奚若太太一件衣料，你得补来，托适之带，不要忘了。她在盼望。再有上月水电，我确是开了。老何上来，从笔筒下拿去了；我走的那天或是上一天，怎说没有？老太爷有回信没有？我明天去燕京看君劢。我要睡了。乖乖！

我亲吻你的香肌。

你的“愚夫”摩摩

十月一日

爱眉亲亲：

你果然不来信了！好厉害的孩子，这叫做言出法随，一无通融！我拿信给文伯看了，他哈哈大笑；他说他见了你，自有话说。我只托他带一匣信笺，水果不能带，因为他在天津还要住五天，南京还要耽搁。葡萄是搁不了三天的。石榴，我关照了义茂，但到现在还没有你能吃的来。糊重的东西要带，就得带真好的。乖！你候着吧，今年总叫你吃着就是。前晚，我和袁守和、温源宁在北平图书馆大请客；我就说给你听听，活像耍猴儿戏，主客是Laloy和Elie Faure两个法国人，陪客有Reclus Monastière、小叶夫妇、思成、玉海、守和、源宁夫妇、周名洗七小姐、蒯叔平女教授、大雨（见了Roes就张大嘴！）、陈任先、梅兰芳、程艳秋一大群人，Monastière还叫照了相，后天寄给你看。我因为做主人，又多喝了几杯酒。你听了或许可要骂，这日子还要吃喝作乐。但既在此，自有一种Social duty[1]，人家来请你加入，当然不便推辞，你说是不？

Elie Faure老头不久到上海；洵美请客时，或许也要找到你。俞珊忽然来信了，她说到上海去看你。但怕你忘记了她。我真不知

[1] 社交义务。

道她到底是怎么回事，希望你见面时能问她一个明白。她原信附去你看。说起我有一晚闹一个笑话，我说给你听过没有？在西兴安街我见一个车上人，活像俞珊。车已拉过颇远，我叫了一声，那车停了；等到拉拢一看，哪是什么俞珊,却是曾语儿。你说我这近视眼可多乐！

我连日早睡多睡，眼已渐好，勿念。我在家尚有一副眼镜。请适之带我为要。

娘好吗？三伯母问候她。

摩吻

十月十日

昨下午去丽琳处，晤奚若、小叶、端升，同去公园看牡丹。风虽暴，尚有可观者。七时去车站，接歆海、湘玫，饭后又去公园，花畔有五色玻璃灯，倍增秾艳。芍药尚未开放，然已苞绽盈盈，娇红欲吐，春明花事，真大观也。十时去北京饭店，无意中遇到一人。你道是谁？原来俞珊是也。病后大肥，肩膀奇阔，有如拳师，脖子在有无之间，因彼有伴，未及交谈，今日亦未通问，人是会变的。昨晚咳呛，不能安睡，甚苦。今晨迟起。下午偕歆海去三殿，看字画，满目琳琅。下午又在丽琳处茶叙，又东兴楼饭。十一时回寓，又与适之谈。作此函，已及一时，要睡矣，明日再谈。昨函诸事弗忘。

摩

十月二十二日

北平

爱眉：

我心已被说动，恨不得此刻已在家中！

但手头无钱，要走可得负债。如其再来一次偷鸡蚀米，简直不了。所以我再得问你，我回去是否确有把握。果然，请来电如下："董北平徐志摩，事成速回。"

我就立刻走，日期迟至下星期四（二十九）不妨，最好。否则我星六（二十四）即后日下午五时车走亦可。但来电须得信即发，否则要迟到星四矣。

摩

二十二日

今天正发出电报，等候回电，预备走。不想回电未来，百里却来了一信。事情倒是缠成个什么样子？是谁在说竞武肯出四万买，那位“赵”先生肯出四万二的又是谁？看情形，百里分明听了日本太太及旁人的传话，竟有反悔成交的意思。那不是开玩笑了吗？为今之计，第一先得竞武说明，并无四万等价格，事实上如果他转卖出三万二以上，也只能算作佣金，或利息性质，并非少蝶一过手即有偌大利益。百里信上要去打听市面，那倒无妨。我想市面绝不会高到哪里去。但这样一岔，这桩生意经究竟着落何处，还未得知。我目前贸然回去，恐无结果；徒劳旅费，不是道理。

我想百里既说要去打听振飞，何妨请少蝶去见振飞，将经过情形说个明白。振飞的话，百里当然相信。并且我想事实上百里以三万二千元出卖，决不吃亏。他如问明市价，或可仍按原议进行手续，那是最好的事；否则就有些头绪纷繁了。

至于我回去问题，我哪天都可以走，我也极想回去看看你，但问题在这笔旅费怎样报销，谁替我会钞。我是穷得寸步难移；再要开窟窿，简直不了，你是知道的（大雨搁浅，三百渺渺无期）。所以只要生意确有希望，钱不愁落空，那我何乐不愿意回家一次，但星六如不走，那就得星四（十月二十九）再走（功课关系）。你立即来信，我候着！

摩摩

星五（10月23日）

北平

至爱妻眉：

今天是九月十九日，你二十八年前出世的日子，我不在家中，不能与你对饮一杯蜜酒，为你庆祝安康。这几日秋风凄冷，秋月光明，更使游子思念家庭。又因为归思已动，更觉百无聊赖，独自惆怅。遥想闺中，当亦同此情景。今天洵美等来否？也许他们不知道，还是每天似的，只有瑞午一人陪着你吞吐烟霞。

眉爱，你知我是怎样地想念你！你信上什么“恐怕成病”的话，说得闪烁，使我不安。终究你这一月来身体有否见佳？如果我在家你不得休养，我出外你仍不得休养，那不是难了吗？前天和奚若谈起生活，为之相对生愁。但他与我同意，现在只有再试试，你同我来北平住一时，看是如何。你的身体当然宜北不宜南！

爱，你何以如此固执，忍心和我分离两地？上半年来去频频，又遭大故，倒还不觉得如何。这次可不同，如果我现在不回，到年假尚有两个多月。虽然光阴易逝，但我们恩爱夫妻，是否有此分离之必要？眉，你到哪天才肯听从我的主张？我一人在此，处处觉得不合式；你又不肯来，我又为责任所羁，这真是难死人也！

百里那里，我未回信，因为等少蝶来信，再作计较。竞武如果虚张声势，结果反使我们原有交易不得着落，他们两造，都无所谓；我这千载难逢的一次外快又遭打击，这我可不能甘休！竞武现在何处，你得把这情形老实告诉他才是。

你送兴业五百元是哪一天？请即告我。因为我二十以前共送六百元付账，银行二十三来信，尚欠四百元，连本月房租共欠五百有余。如果你那五百元是在二十三以后，那便还好，否则我又该着急得不了了！请速告我。

车怎样了？绝对不能再养的了！

大雨家贝当路那块地立即要出卖，他要我们给他想法。他想要五万两，此事瑞午有去路否？请立即回信，如瑞午无甚把握，我即另函别人设法。事成我要二厘五的一半。如有人要，最高出价多少，立即来信，卖否由大雨决定。

明天我叫图南汇给你二百元家用（十一月份），但千万不可到手就宽，我们的穷运还没有到底；自己再不小心，更不堪设想。我如有不花钱飞机坐，立即回去。不管生意成否。

我真是想你，想极了。

摩吻

十月二十九日

岂是偶遇

雪花的快乐[1]

假如我是一朵雪花，
翩翩的在半空里潇洒，
我一定认清我的方向——
飞扬，飞扬，飞扬，——
这地面上有我的方向。
不去那冷寞的幽谷，

不去那凄清的山麓，
也不上荒街去惆怅——
飞扬，飞扬，飞扬，——
你看，我有我的方向！

在半空里娟娟的飞舞，
认明了那清幽的住处，
等着她来花园里探望——

[1] 此诗写于1924年12月30日。发表于1925年1月17日《现代评论》第一卷第6期。

飞扬，飞扬，飞扬，——
啊，她身上有朱砂梅的清香！

那时我凭借我的身轻，
盈盈的[1]，沾住了她的衣襟，
贴近她柔波似的心胸——
消溶，消溶，消溶——
溶入了她柔波似的心胸！

[1] 亦作凝凝的。

我有一个恋爱

我有一个恋爱；——
我爱天上的明星；
我爱他们的晶莹：
人间没有这异样的神明。

在冷峭的暮冬的黄昏，
在寂寞的灰色的清晨，
在海上，在风雨后的山顶——
永远有一颗，万颗的明星！

山涧边小草花的知心，
高楼上小孩童的欢欣，
旅行人的灯亮与南针：——
万万里外闪烁的精灵！

我有一个破碎的魂灵，
像一堆破碎的水晶，

散布在荒野的枯草里——
饱啜你一瞬瞬的殷勤。

人生的冰激与柔情，
我也曾尝味，我也曾容忍；
有时阶砌下蟋蟀的秋吟，
引起我心伤，逼迫我泪零。

我袒露我的坦白的胸襟，
献爱与一天的明星，
任凭人生是幻是真
地球存在或是消泯——
太空中永远有不昧的明星！

她是睡着了[1]

她是睡着了——
星光下一朵斜欹的白莲，
她入梦境了，
香炉里袅起一缕碧螺烟。

她是眠熟了——
涧泉幽抑了喧响的琴弦，[2]
她在梦乡了——
粉蝶儿，翠蝶儿，翻飞的欢恋。[3]

停匀的呼吸：
清香渗透了她的周遭的清氛；
有福的清氛，
怀抱着，抚摩着，她纤纤的身形！

[1] 约写于1925年初夏。
[2] 手稿此句为“涧泉幽抑了弦琴的声喧！”
[3] 手稿此句为“欢情的绻缱”。

奢侈的光阴！
静，沙沙的尽是闪亮的黄金，
平铺着无垠，——
波鳞间轻漾着光艳的小艇。

醉心的光景：
给我披一件彩衣，啜一坛芳醴，
折一支藤花，
舞，在葡萄丛中颠倒，昏迷。

看呀，美丽！
三春的颜色移上了她的香肌，
是玫瑰，是月季，
是朝阳里水仙，鲜妍芳菲！

梦底的幽秘，
挑逗着她的心——纯洁的灵魂——
像一只蜂儿，
在花心恣意的唐突——温存。

童真的梦境！
静默；休教惊断了梦神的殷勤；
抽一丝金络，

抽一丝银络，抽一丝晚霞的紫曛；

玉腕与金梭，
织缣似的精审，更番的穿度——
化生了彩霞，
神阙，安琪儿的歌，安琪儿的舞。

可爱的梨涡，
解释了处女的梦境的欢喜，
像一颗露珠，
颤动的，在荷盘中闪耀着晨曦。

最后的那一天[1]

在春风不再回来的那一年，
在枯枝不再青条的那一天，
那时间天空再没有光照，
只黑蒙蒙的妖氛弥漫着
太阳，月亮，星光死去了的空间；

在一切标准推翻的那一天，
在一切价值重估的那时间：
暴露在最后审判的威灵中
一切的虚伪与虚荣与虚空：
赤裸裸的灵魂们匍匐在主的跟前；——

我爱，那时间你我再不必张皇，
更不须声诉，辨冤，再不必隐藏，——
你我的心，像一朵雪白的并蒂莲，

[1] 写作时间和发表报刊不详。

在爱的青梗上秀挺，欢欣，鲜妍，——

在主的跟前，爱是唯一的荣光。

我来扬子江边买一把莲蓬

我来扬子江边买一把莲蓬；
　手剥一层层莲衣，
　看江鸥在眼前飞，
　忍含着一眼悲泪——
我想着你，我想着你，啊小龙！

我尝一尝莲瓤，回味曾经的温存：——
　那阶前不卷的重帘，
　掩护着同心的欢恋：
　我又听着你的盟言，
“永远是你的，我的身体，我的灵魂。”

我尝一尝莲心，我的心比莲心苦；
　我长夜里怔忡，
　挣不开的恶梦，
　谁知我的苦痛？
你害了我，爱，这日子叫我如何过？

但我不能责你负，我不忍猜你变，

　　我心肠只是一片柔：

　　你是我的！我依旧

　　将你紧紧的抱搂——

除非是天翻——

但谁能想象那一天？

春的投生

昨晚上，
再前一晚也是的，
在春雨的猖狂中，
春！
投生入冬的尸体，

不觉得脚下的松软，
耳鬓间的温驯吗？
树枝上浮着青，
潭里的水漾成无限的缠绵；
再有你我肢体上
胸膛间的异样的跳动；

桃花早已开上你的脸，
我在更敏锐的消受
你的媚，吞咽
你的连珠的笑；

你不觉得我的手臂
更迫切的要求你的腰身，
我的呼吸投射在你的身上，
如同万千的飞萤投向火焰？

这些，还有别的许多说不尽的，
和着鸟雀们的热情回荡，
都在手携手的赞美着
春的投生。

一块晦色的路碑

脚步轻些，过路人！
休惊动那最可爱的灵魂，
如今安眠在这地下，
有绛色的野草花掩护她的余烬。

你且站定，在这无名的土阜边，
任晚风吹弄你的衣襟，
倘如这片刻的静定感动了你的悲悯，
让你的泪珠圆圆的滴下——
为这长眠着的美丽的灵魂！

过路人，假若你也曾
在这人间不平的道上颠顿，
让你此时的感愤凝成最锋利的悲悯，
在你的激震着的心叶上，
刺出一滴，两滴的鲜血——
为这遭冤屈的最纯洁的灵魂！

翡冷翠[1]的一夜

你真的走了，明天？那我，那我，……
你也不用管，迟早有那一天；
你愿意记着我，就记着我，
要不然趁早忘了这世界上
有我，省得想起时空着恼，
只当是一个梦，一个幻想；
只当是前天我们见的残红，
怯怜怜的在风前抖擞，一瓣，
两瓣，落地，叫人踩，变泥……
唉，叫人踩，变泥——变了泥倒干净，
这半死不活的才叫是受罪，
看着寒伧，累赘，叫人白眼——
天呀！你何苦来，你何苦来……
我可忘不了你，那一天你来，
就比如黑暗的前途见了光彩，

[1] 翡冷翠，音译自意大利文，现通译佛罗伦萨，意大利一个城市的名字。

你是我的先生，我爱，我的恩人，
你教给我什么是生命，什么是爱，
你惊醒我的昏迷，偿还我的天真。
没有你我哪知道天是高，草是青？
你摸摸我的心，它这下跳得多快；
再摸我的脸，烧得多焦，亏这夜黑
看不见；爱，我气都喘不过来了，
别亲我了；我受不住这烈火似的活，
这阵子我的灵魂就像是火砖上的
熟铁，在爱的槌子下，砸，砸，火花
四散的飞洒……我晕了，抱着我，
爱，就让我在这儿清静的园内，
闭着眼，死在你的胸前，多美！
头顶白树上的风声，沙沙的，
算是我的丧歌，这一阵清风，
橄榄林里吹来的，带着石榴花香，
就带了我的灵魂走，还有那萤火，
多情的殷勤的萤火，有他们照路，
我到了那三环洞的桥上再停步，
听你在这儿抱着我半暖的身体，
悲声的叫我，亲我，摇我，咂我，……
我就微笑的再跟着清风走，
随他领着我，天堂，地狱，哪儿都成，
反正丢了这可厌的人生，实现这死

在爱里，这爱中心的死，不强如
五百次的投生？……自私，我知道，
可我也管不着……你伴着我死？
什么，不成双就不是完全的“爱死”，
要飞升也得两对翅膀儿打伙，
进了天堂还不一样的要照顾，
我少不了你，你也不能没有我；
要是地狱，我单身去你更不放心，
你说地狱不定比这世界文明
（虽则我不信，）像我这娇嫩的花朵，
难保不再遭风暴，不叫雨打，
那时候我喊你，你也听不分明，——
那不是求解脱反投进了泥坑，
倒叫冷眼的鬼串通了冷心的人，
笑我的命运，笑你懦怯的粗心？
这话也有理，那叫我怎么办呢？
活着难，太难就死也不得自由，
我又不愿你为我牺牲你的前程……
唉！你说还是活着等，等那一天！
有那一天吗？——你在，就是我的信心；
可是天亮你就得走，你真的忍心
丢了我走？我又不能留你，这是命；
但这花，没阳光晒，没甘露浸，
不死也不免瓣尖儿焦萎，多可怜！

你不能忘我，爱，除了在你的心里，
我再没有命；是，我听你的话，我等，
等铁树儿开花我也得耐心等；
爱，你永远是我头顶的一颗明星：
要是不幸死了，我就变一个萤火，
在这园里，挨着草根，暗沉沉的飞，
黄昏飞到半夜，半夜飞到天明，
只愿天空不生云，我望得见天
天上那颗不变的大星，那是你，
但愿你为我多放光明，隔着夜，
隔着天，通着恋爱的灵犀一点……

六月十一日，一九二五年翡冷翠山中

亲爱的摩

一九二五年三月十一日至七月十七日

三月十一日

一个月之前我就动了写日记的心，因为听得“先生”们讲各国大文豪写日记的趣事，我心里就决定来写一本玩玩，可是我不记气候，不写每日身体的动作，我只把我每天的内心感想，不敢向人说的，不能对人讲的，借着一支笔和几张纸来留一点痕迹。不过想了许久老没有实行，一直到昨天摩叫我当信一样的写，将我心里所想的，不要遗漏一字地都写了上去，我才决心如此地做了，等摩回来时再给他当信看。这一下我倒有了生路了，本来我心里的痛苦同愁闷一向逼闷在心里的，有时候真逼得难受，说又没有地方去说；以后可好了，我真感谢你，借你的力量我可以一泄我的冤恨，松一松我的胸襟了。以后我想写什么就可以写什么，反正写出来也不碍事，不给别人看就是了。本来人的思想往往会一忽儿就跑去的，想过就完，现在我可要留住它了，不论什么事想着就写，只要认定一个“真”字，以前的一切我都感觉到假，为什么一个人先要以假对人呢？大约为的是有许多真的话说出来反要受人的讥笑，招人的批评，所以吓得一般人都迎着假的往前走，结果真纯的思想反让假的给赶走了。我若再不遇着摩，我自问也要变成那样的，自从我认识了你的真，摩，我自己羞愧死了，从此我也要走上“真”的路了。

希望你能帮助我，志摩。

昨天摩出国，我本不想去车站送他，可是又不能不去，在人群中又不能流露出十分难受的样子，还只是笑嘻嘻地谈话；恍惚满不在意似的。在许多人的目光之下，又不能容我们单独地讲几句话。这时候我又感觉到假的可恶，为什么要顾虑这许多，为什么不能要说什么就说什么呢？我几次想离开众人，过去说几句真话，可是说也惭愧，平时的决心和勇气，不知都往哪里跑了，只会泪汪汪地看着他，连话都说不出口来。自己急得骂我自己，再不过去说话，车可要开了；那时我却盼望他能过来带我走出众人眼光之下，说几句最后的话，谁知他也是一样地没有勇气。一双泪汪汪的眼睛只对着我发怔，我明知道他要安慰我，要我知道他为什么弃我远去，他有许多许多的真话，真的意思，都让社会的假给碰回去了，便只好大家用假话来敷衍。那时他还走过来握我的手，我也只能苦笑着对他说“一路顺风”。我低头不敢向他看，也不敢向别人看，一直到车开，我还看见他站在车头上向我们送手吻（我知道一定是给我一个人的）。我直着眼看，只见他的人影一点一点糊涂起来，我眼前好像有一层东西隔着，慢慢地连人影都不见了，心里也说不出是什么味儿，好像一点知觉都没有了似的，一直等到耳边有人对我说“不要看了，车走远了”，我才像梦醒似的回头看见人家都在向着我笑，我才很无味地回头就走。走进车子才知道我身旁还有一个人坐着。他[1]冷冷对我说：“为什么你眼睛红了？哭么？”咳！他明知我心里有说不出的难受，还要假意儿问我，怄我；我知道他乐了，走

[1] 指王赓。

了我的知己，他还不乐？

回家走进了屋子，四面都露出一种冷清的静，好像连钟都不走了似的，一切都无声无嗅了。我坐到书桌上，看见他给我的信、东西、日记，我拿在手里发怔，也不敢去看，也不想开口，只是呆坐着也不知道自己要做点什么才好。在这静默的空气里我反觉得很有趣起来，我希望永远不要有人来打断我的静，让我永远这样地静坐下去。

昨天家里在广济寺做佛事，全家都去的，我当然是不能少的了，可是这几天我心里正在说不出的难过，还要我去酬应那些亲友们，叫我怎能忍受？没有法子，得一个机会我一个人躲到后边大院里去清静一下。走进大院看见一片如白画的月光，照得栏杆、花、木、石桌，样样清清楚楚，静悄悄的一个人都没，可爱极了。那一片的静，真使人能忘却了一切的一切，我那时也不觉得怕了，一个人走过石桥在栏杆上坐着，耳边一阵阵送过别院的经声、钟声、禅声，那一种音调真凄凉极了。我到那个时光，几天要流不敢流的眼泪便像潮水般地涌了出来，我哭了半天也不知是哭的什么，心里也如同一把乱麻，无从说起。

今天早晨他去天津了。我上了三个钟头的课，先生给我许多功课，我预备好好地做起来。不过这几天从摩走后，这世界好像又换了一个似的，我到东也不见他那可爱的笑容，到西也不听见他那柔美的声音，一天到晚再也没有一个人来安慰我，真觉得做人无味极了；为什么一切事情都不能遂心适意呢？随处随地都有网包围着似的，使得手脚都伸不开，真苦极了。想起摩来更觉惆怅，现在不知道已经走到什么地方了，也许已过哈尔滨了罢。昨晚庙里回来就睡下，闭着眼细细回想在庙后大院子里得着的那一忽儿清闲，连回味都是甜的。像我现在过的这种日子，精神上，肉体上，同时的受着说不出的苦，不要说不能得着别人一点安慰与怜惜，就是单要求人家能明白我，了解我，已是不容易的了！

今天足足地忙了一天，早晨做了一篇法文，出去买了画具，饭后陈先生来教了半天，说我一定能进步得快，倒也有趣。晚饭时三伯母等来请我去吃饭，ML也来相约，我都回绝她们了，因为我只想一个人静静地坐坐，况且我还要给摩写信。在灯下不知不觉地就写了九张纸，还是不能尽意，薄薄的几张纸能写得上多少字呢？

临睡时又看了几张摩的日记，不觉又难受了半天。可叹我自小就是心高气傲，想享受别的女人不大容易享受得到的一切，而结果现在反成了一个一切都不如人的人。其实我不羡富贵，也不慕荣华，我只要一个安乐的家庭，如心的伴侣，谁知连这一点要求都不能得到，只落得终日里孤单的，有话都没有人能讲，每天只是强自欢笑地在人群里混。又因为我不愿意叫人家知道我现在是不快乐，不如意，所以我装着是个快乐的人，我明知道这种办法是不长久的，等到一旦力尽心疲，要再装假也没有力气了，人家不是一样会看出来的么？所幸现在已有几个知己朋友们知道我，明白我，最知我者当然是摩！他知道我，他简直能真正地了解我，我也明白他，我也认识他是一个纯洁天真的人，他给我的那一片纯洁的爱，使我不能不还给他一个整个的圆满的永没有给过别人的爱的。

三月十四日

昨天忙了一天，起身就叫娘来赶了去，叫我陪她去医院，可是几件事一做，就晚了来不及去了。吃了饭回家写了一封信给摩，下午S来谈话，两人不知不觉说到晚上十一点才走，大家有相见恨晚的感想，痛快得很。

三月十七日

可恨昨天才写得有趣的时候，他忽然地回来了。我本想一个人舒舒服服地过几个清闲的晚上的，借着笔发泄发泄心里的愁闷，谁知又不能如愿。W、C都来过，也无非是大家瞎谈一阵闲话，一无可记的，倒是前天S的几句话，引起我无限的怅惘。我现在正好比黑夜里的舟行大海，四面空阔无边，前途又是茫茫地不知何日才能达到目的地，也许天空起了云雾，吹起狂风降下雷雨，将船打碎沉没于海底永无出头之日；也许就能在黑雾中走出个光明的月亮，送给黑沉沉的大海一片雪白的光亮，照出了到达目的地去的方向。所以看起来一切还需命运来帮忙，人的力量是很有限的。S说当初他们都不大认识我的，以为不是同她们一类的，现在才知道我，咳，也难怪！我是一个没有学问的很浅薄的女子，本来我同摩相交自知相去太远，但是看他那样地痴心相向，而又受到了初恋的痛苦，我便怎样也不能再使他失望了。摩，你放心，我永不会叫你失望就是，不管有多少荆棘的路，我一定走向前去找寻我们的幸福，你放心就是！

S走后，我倒床就哭，自己也不知道何处来的那许多眼泪，我想也许是这一个礼拜实在过得太慢了，太凄惨了，以后的日子不知怎样才能度过呢？昨天接着摩给娘的信，看得我肝肠寸断了，那片真诚的心意感动了我，不怕连日车上受的劳顿，在深夜里还赶着写信，不是十二分的爱我怎能如此？摩，我真感谢你。在给我的信中虽然没有多讲，可是我都懂得的，爱！你那一个字一个背影我都明白的，我知道你一字一泪，也太费苦心了，其实你多写也不妨。我昨晚得一梦，早知你要来信，所以我早预备好了，不会叫他看见的。我近日常梦见你，摩，梦见你给我许多梅花，又香，又红，又甜，醒来后一切都没有了，可是那时我还闭着眼不敢动（怕吓走了甜蜜的梦境），来回的想——想起我们在月下清谈的那几天是多有趣呀！现在呢？远在千里外，叫亦听不见；要是我们能不受环境的压迫，携手同游欧美，度我们理想的日子，够多美呢！到今天我有些后悔不该不听你的话了。

刚才念信时心里一阵阵的酸，真苦了你了，我的爱，我害你了，使你一个人冷清清地受那孤单旅行的苦，我早知道没有人照顾你是不行的，你看是不是又着凉了？我真不放心，不知道有什么法子可以使得你自己会当心一点冷暖才好，你要知道你在千里外生病，叫我怎能不急得发晕？

今天是礼拜，我偏有不能辞的应酬，非去不可，但是我的心直想得一个机会来静静地多写几张日记，多写几行信，哪有余情来做无谓的应酬？难怪我一晚上闹了几个笑话，现在自己想想都是可乐的，“心无二用”这句话真是透极了，一个人只要心里有了事情，随便做什么事都要错乱的。

S说，男女的爱一旦成熟结为夫妇，就会慢慢地变成怨偶的，夫妻间没有真爱可言，倒是朋友的爱较能长久。这话我认为对极了，我觉得我们现在精神上的爱情是不会变的，我也希望我们永远做一个精神上的好朋友，摩，不知你愿否？我现在才知道夫妻间没有真爱情而还需日夜相缠，身体上受的那种苦刑是只能苦在心，不能为外人道的。我今天写得很舒服，明天恐怕没有机会了，因为早晨须读书，饭后随娘去医院，下午又要到妹妹家去，晚上又是那法国人请客，许多不能不去做的事情又要缠着一整天，真是苦极了。

三月十九日

你瞧！一下就连着三天不能亲近我的日记。十六那天本想去妹妹家的，谁知是三太太的生日，又是不能不去，在她家碰见了寄妈，被她取笑得我泪往里滚，摩！我害了你了，我是不怕，好在叫人家说惯了，骂我的人，冤枉我的人也不知有多少，我反正不与人争辩，不过我不愿意连你也为我受骂，咳！我真恨，恨天也不怜我，你我已无缘，又何必使我们相见，且相见而又在这个时候，一无办法的时候！在这情况之下真用得着那句“恨不相逢未嫁时”的诗了。现在叫我进退两难，丢去你不忍心，接受你又办不到，怎不叫人活活地恨死！难道这也是所谓天数么？

今天是S请吃饭，有W. H等几个人的清谈，倒使我精神一畅呢！回家就接着你由哈尔滨寄来的一首诗，咳！真苦了你了。我知道你是那样地凄冷，那样地想念我，而又不能在笔下将一片痴情寄给我，连说话都不能明说，反不如我倒可以将胸中的思念一字一句都寄给你，让你看了舒服，同时我也会感觉着安慰。因此我就想到你不能说的苦，慢慢地肚子一定要胀破的。不过你等着信的地址。今晚我无意中说了一句，这个礼拜为什么过得这样慢，W他们都笑起来，我叫他们笑得脸红耳热，越发地难过了，因为我本来就不好过，叫他们再一取笑，我真要哭出来了；还是S看我可怜救了我的。

三月二十二日

昨天才写完一信，T来了，谈了半天。他倒是个很好的朋友，他说他那天在车站看见我的脸吓一跳，苍白得好像死去一般，他知道我那时的心一定难过到极点了。他还说外边谣言极多，有人说我要离婚了，又有人说摩一定是不真爱我，若是真爱决不肯丢我远去的。真可笑，外头人不知道为什么都跟我有缘似的，无论男女都爱将我当一个谈话的好材料，没有可说也得想法造点出来说，真奇怪了。T也说现在是个很好的脱离机会，可是娘呢？咳，我的娘呀！你可害苦了我啦，我一生的幸福恐怕要为你牺牲了！

摩，为你我还是拼命干一下的好，我要往前走，不管前面有几多的荆棘，我一定直着脖子走，非到筋疲力尽我决不回头的。因为你是真正地认识了我，你不但认识我表面，你还认清了我的内心，我本来老是自恨为什么没有人认识我，为什么人家全拿我当一个只会玩只会穿的女子；可是我虽恨，我并不怪人家，本来人们只看外表，谁又能真生一双妙眼来看透人的内心呢？受着的评论都是自己去换得来的，在这个黑暗的世界有几个是肯拿真性灵透露出来的？像我自己，还不是一样成天埋没了本性以假对人的么？只有你，摩！第一个人能从一切的假言假笑中看透我的真心，认识我的苦痛，叫我怎能不从此收起以往的假而真正的给你一片真呢！我自从认识了你，我就有改变生活的决心，为你我一定认真地做人了。

因为昨晚一宵苦思，今晨又觉满身酸痛，不过我快乐，我得着了一个全静的夜。本来我就最爱清静的夜，静悄悄只有我一个人，只有滴答的钟声做我的良伴，让我爱做什么就做什么，不论坐着、睡着、看书，都是安静的，在无聊时耽着想想，做不到的事情，得不着的快乐，只要能闭着眼像电影似的一幕幕在眼前飞过也是快乐的，至少也能得着片刻的安慰。昨晚我想你，想你现在一定已经看得见西伯利亚的白雪了，不过你眼前虽有不容易看得到的美景，可是你身旁没有了陪伴你的我，你一定也同我现在一般地感觉着寂寞，一般心内叫着痛苦的罢！我从前常听人言生离死别是人生最难忍受的事情，我老是笑着说人痴情，谁知今天轮到了我身上，才知道人家的话不是虚的，全是从痛苦中得来的实言，我今天才身受着这种说不出叫不明的痛苦，生离已经够受的了，死别的味儿想必更不堪设想罢。

回家去陪娘去看病，在车中我又探了探她的口气，我说照这样的日子再往下过，我怕我的身体上要担受不起了。她倒反说我自寻烦恼，自找痛苦，好好的日子不过，一天到晚只是去模仿外国小说上的行为，讲爱情，说什么精神上痛苦不痛苦，那些无味的话有什么道理。本来她在四十多年前就生出来了，我才生了二十多年，二十年内的变化与进步是不可计算的，我们的思想当然不能符合了。她们看来夫荣子贵是女子的莫大幸福，个人的喜，乐，哀，怒是不成问题的，所以也难怪她不能明了我的苦楚。本来人在幼年时灌进脑子里的知识与教育是永不会迁移的，何况是这种封建思想与礼教观念更不容易使她忘记。所以从前多少女子，为了怕人骂，怕人背后批评，甘愿自己牺牲自己的快乐与身体，怨死闺中，要不然就是终身得了不死不活的病，呻吟到死。这一类的可怜女子，我敢说十个里面有九个是自己明知故犯的，她们可怜，至死还不明白是什么害了她们。摩！我今天很运气能够蜷曲着你，在我不认识你以前，我的思想，我的观念，也同她们一样，我也是一样的没有勇气，一样地预备就此糊里糊涂地一天天往下过，不问什么快乐什么痛苦，就此埋没了本性过它一辈子完事的；自从见着你，我才像乌云里见了青天，我才知道自埋自身是不应该的，做人为什么不轰轰烈烈地做一番呢？我愿意从此跟你往高处飞，往明处走，永远不再自暴自弃了。

三月二十八日

一连又是几天不能亲近你了，摩！这日子真有点过不下去了，一天到晚只是忙些无味的酬应，你的信息又听不到，你的信也不来，算来你上工了也有十几天了，也该有信来了，为什么天天拿进来的信我老也见不着你的呢？难道说你真的预备从此不来信了么？也许朋友们的劝慰是有理的。你应该离开我去海外洗一洗脑子，也许可以洗去我这污浊的黑影，使你永远忘记你曾经认识过我。我的投进你的生命中也许是于你不利，也许竟可破坏你的终身的幸福的，我自己也明白，也看得很清，而且我们的爱是不能让社会明了，是不能叫人们原谅的。所以我不该盼你有信来，临行时你我不是约好不通信，不来往，大家试一试能不能彼此相忘的么？在嘴里说的时候，我的心里早就起了反对（不知你心里如何），口内不管怎样地硬，心里照样还是软绵绵的；那一忽儿的口边硬在半小时内早就跑远了，因此不等到家我就变了主意，我信你也许同我一样，不过今天不知怎样有点信不过你了，难道现在你真想实行那句话了么？难道你才离开我就变了方向了么？你若能真的从此不理我倒又是一件事了。本来我昨天就想退出了，大概你在第三封信内可以看见我的意思了，你还是去走那比较容易一点的旧路罢，那一条路你本来已经开辟得快成形了，为什么又半路中断去呢？前面又不是绝对没有希望，你不妨再去走走看，也许可以得到圆满的结果，我这边还是满地的荆棘，就是我二人合力的工作也不知几时才可以达到目的地呢！其中的情形还要你自己再三想想才好。我很愿意你能得着你最初的恋爱，我愿意你快乐，因为你的快乐就和我的一样。我的爱你，并不一定要你回答我，只要你能得到安慰，我心就安慰了，我还是能照样地爱你，并不一定要你知道的。是的，摩！我心里乱极了，这时候我眼里已经没有了我自己，我心里只有你的影子，你的身体，我不要想自身的安全，我只想你能因为爱我而得到一些安慰，那我看着也是乐的。

三月二十九日

前天写得好好的，他又回来了。本来这几天因为他在天津，所以我才得过着几天清闲的日子，在家里一个人坐着看看书，写写字，再不然想你时就同你笔上谈谈，虽然只是我一个人自写自意，得不着一点回音，可是我觉得反比同一个不懂的人谈话有趣得多。现在完了，我再也不能得到安慰了。所以昨天我就出去了一整天，吃饭，看戏，反正只要有一个去处，便能将青天快快地变成黑天。怪的倒是你为什么还没有信来？你没有信来我就更坐立不安了；我的心每天只是无理由地跳，好好地跟人家说着话的时候我也会一阵阵地脸红心跳，自己也不知道是为了什么，这样下去，我怕要得心脏病了。

四月十二日

好，这一下有十几天没有亲近你了，吾爱，现在我又可以痛痛快快地来写了。前些日因为接不着你的信，他又在家，我心里又烦，就又忘了你的话，每天只是在热闹场中去消磨时候，不是东家打牌就是出外跳舞，有时精神萎顿下来也不管，摇一摇头再往前走，心里恨不得从此消灭自身，眼前又一阵阵地糊涂起来，你的话，你的劝告也又在耳边打转身了。有时娘看得我有些出了神似的就逼着我去看医生，碰着那位克利老先生又说得我的病非常地沉重，心脏同神经都有了十分的病。因此父母为我又是日夜不安，尤其是伯伯每天跟着我像念经似的劝，叫我不能再如此自暴自弃，看了老年人着急的情形，我便只能答应吃药。可笑！药能治我的病吗？再多吃一点也是没有用的，心里的病医得好吗？一边吃药，一边还是照样地往外跑，结果身体还是敌不过，没有几天就真正病倒在床上了。这一来也就不得不安静下来，药也不能不吃了。还好，在这个时候我得着了你的安慰，你一连就来了四封信，他又出了远门，这两样就医好了我一半的病，这时候我不病也要求病了；因为借了病的名字我好一个人静静地睡在床上看信呀！摩！你的信看得我不知道蒙了被哭了几次，你写得太好了，太感动我了，今天我才知道世界上的男人并不都是像我所想象那样的，世界上还有像你这样纯粹的人呢，你为什么会这样地不同呢？

摩！我现在又后悔叫你走了，我为什么那样地没有勇气，为什么要顾着别人的闲话而叫你去一个人在冰天雪地里过那孤单的旅行生活呢？这只能怪我自己太没有勇气，现在我恨不能丢去一切飞到你的身边来陪你。我知道你的苦，摩，眼前再有美景也不会享受的了。咳！我的心简直痛得连话都说不出来了，这样的日子等不到你回来就要完的。这几天接不着你的信已经够害得我病倒，所以只盼你来信可以稍得安心，谁知来了信却又更加上几倍的难受。这一忽儿几百支笔也写不出我心头的乱，什么味儿自己也说不出，只觉得心往上钻，好像要从喉管里跳出来似的，床上再也睡不住了，不管满身热得多厉害，我也再按止不住了，在这深夜里再不借笔来自己安慰自己，我简直要发疯了。摩，你再不要告诉我你受了寒的话罢；你不病已经够我牵挂的了，你若是再一病那我是死定了。我早知道你是不会自己管自己的，所以临行时我是怎样叮咛你的，叫你千万多穿衣服，不要在车上和衣睡着，你看，走了不久就着凉了。你不知道过西伯利亚时候够多冷，虽然车里有热气，你只要想薄薄的一层玻璃哪能挡得住成年不见化的厚雪的寒气。你为什么又坐着睡着呢？这不是活活急死我么？受了一点寒还算运气，若是变了大病怎么办？我又不能飞去，所以只能你自己保重啊！

你也不要怨了，一切一切都是命，我现在看得明白极了，强求是无用，还是忍着气，耐着心等命运的安排罢。有那么一天等天老父一看见了我们在人间挣扎的苦况，哀怜的叫声，也许能叫动他的怜恤心给我们相当的安慰，到那时我们才可以吐一口气了！现在纵然是苦死也是没有用的，有谁来同情你？有哪一个能怜恤你？还不如自认了罢。人要强命争气是没有用的，只要看我们现在一隔就是几千里，谁叫谁都叫不着，想也是枉然。一个在海外惆怅，一个在闺中呻吟，你看！这不是命运么？这难道不是老天的安排？这不是他在冥冥中使开他那蒲扇般的大手硬生生地撕开我们么？柔弱的我们，哪能有半点的倔强？不管心里有多少的冤屈，事实是会有力量使得你服服帖帖地违背着自己的心来做的。这次你问心是否愿意离着我远走的，我知道不是！谁都能知道你是勉强的，不过你看，你不是分明去了么？我为什么不留你？为什么会甘心地让你听了人家的话而走呢？为什么我们俩人没有决心来挽回一切？我心里分明口口声声地叫你不要走，可是你还不是照样地走了！你明白不？天意如此，就是你有多大的力量也挽回不转的。所以我一到愁闷得无法自解的时候，就只好拿这个理由来自骗了。

现在我一个人静悄悄地独坐在书桌前，耳边只听见街上一声两声的打更声，院子里静得连风吹树叶的声音都没有，什么都睡了，为什么我放着软绵绵的床不去睡，别人都一个个正浓浓地做着不同的梦，我一个人倒肯冷清清地呆坐着呢？为谁？怨谁？摩，只怕只有你明白罢！我现在一切怨、恨、哀、痛，都不放在心里，我只是放心不下你，我闭着眼好像看见你一个人和衣耽在车厢里，手里拿了一本书，可是我敢说你是一句也没有看进去，皱着眉闭着眼的苦想，车声风声大得也分不出你我，窗外是黑得一样也看不出，车里虽有暗暗的一支小灯，可也照不出什么来。在这样惨淡的情形下，叫你一个人去受，叫我哪能不想着就要发疯？摩！我害了你，事到如今我也明知没有办法的了，只好劝你忍着些罢；你快不要独自惆怅，你快不要让眼前风光飞过，你还是安心多作点诗多写点文章罢，想我是免不了的。我也知道，在我们现在所处的地位，彼此想要强制着不想是不可能的，我自己这些日子何尝不是想得你神魂颠倒。虽然每天有意去寻事做，想减去想你的成分，结果反做些遭人取笑的举动使人家更容易看得出我的心有别思，只要将我比你，我就知道你现在的情形是怎样了。别的话也不用说了，摩，忍着罢！我们现在是众人的俘虏了，快别乱动，一动就要招人家说笑的，反正我这一面由我尽力来谋自由，一等机会来了我自会跳出来，只要你耐心等着不要有二心。

我今天提笔的时候是满心云雾，包围得我连光亮都不见了，现在写到这里，眼前倒像又有了希望，心底里的彩霞比我台前的灯光还亮，满屋子也好像充满了热气使人遍体舒适。摩！快不用惆怅，不必悲伤，我们还不至于无望呢！等着罢！我现在要去寻梦了，我知道梦里也许更能寻着暂时的安慰，在梦里你一定没有去海外，还在我身边低声的叮咛，在颊旁细语温存。是的，人生本来是梦，在这个梦里我既然见不着你，我又为什么不到那一个梦里去寻你呢？这一个梦里做事都有些碍手阻脚的，说话的人太多了，到了那一个梦里我相信你我一定能自由做我们所要做的事，决没有旁人来毁谤，再没有父母来干涉了！摩，要是我们能在那一个梦里寻得着我们的乐土，真能够做我们理想的伴侣，永远的不分离，不也是一样的么？我们何不就永远住在那里呢？咳！不要把这种废话再说下去了，天不等我，已经快亮了，要是有人看见我这样地呆坐着写到天明，不又要被人大惊小怪吗？不写了，说了许多废话有什么用处呢？你还是你，还是远在天边，我还是我，一个人坐在房里，我看还是早早地去睡罢！

四月十五日

病一好就成天往外跑，也不知哪儿来的许多事情，躲也躲不远，藏也没有地方藏，每天像囚犯似的被人监视着，非去不可，也不管你心里是什么味儿。更加一个娘，到处都要我陪着去；做女儿的这一点责任又好像无可再避，只得成天拿一个身体去酬应他们，不过心里的难过是没有人可以知道的了。害得我一连几天不能来亲近你，我的爱，这种日子也真亏我受得了！今天又和母亲大闹，我就问她“一个人做人是为自己做呢，还是为着别人做呢？”我觉得一个人只要自己对得住自己就成了，管别人的话是管不了许多的。这许多人你顺了这个做，那个也许不满意，听了那一个的话又违背了这一个，结果是永远不会全满意的。为了要博取人家一句赞美的话而牺牲了自己的幸福，我看这种人多得很呢；我不愿再去把自己牺牲了，我还是管了我自己的好，摩，你说对么？

真的，今天还有一件事使我难受到极点：今天我同娘争论了半天，她就说“我忘了告诉你一件事，你先慢慢地走我还有话呢”，说着她就从床前抽屉里拿出一封信往我面前一掷，我一看，原来是你的笔迹。我倒呆了半天，不知你写的什么，心里不由得就跳荡起来了，我拿着一口气往下看，看得我眼里的泪珠遮住了我的视线，一个字一个字都像被浓雾裹着似的，再也看不下去了。

摩！我的爱，你用心太苦了，你为我想得太周密了，你那一片清脆得像稚儿的真诚的呼唤声，打动了我这污浊的心胸，使我立刻觉得我自身的庸俗。你的信中哪一句话不是从心底里回转几遍才说出来的，哪一字不是隐含着我的？你为我，咳！你为我太苦了，摩！你以为你婉转劝导一定能打动她的心，多少给我们一条路走走，哪知道你明珠似的话好似跌入了没底的深海，一点光辉都不让你发，你可怜的求告又何尝打得动她像滑石一般硬的心呢！一切不是都白费了么？到这种情况之下你叫我不想死还去想什么呢？不死也要疯了，我再不能挣扎下去了，我想非去西山静两天不可了。只能暂时放下了你再讲，我也不管他们许不许，站起来就走，好在这不是跟人跑，同去的都是长辈亲友，他们再也说不出别样新鲜话了。只是一件，你要有几天接不到我的信呢。

四月十八日

那天写着写着他就回来了，一连几天乱得一点空闲也没有，本想跑到西山养病，谁知又改了期，下星期一定去得成了。事情是一天比一天复杂，他又有到上海去做事的消息，这次来进行的，若是事情办成，我又不知道要发配到何处呢？摩！看起来我们是凶多吉少。怎么办？我的身体又成天叫他们缠着，每次接着你的信，虽然片刻的安慰是有的，不过看着你一个人在那里呻吟痛苦，更使我心碎。我以前见着人家写心碎这两个字，我老以为是说得过分；一个人心若是碎了人不是也要死了么？谁知道天下的成句是无有不从经验中得来的，我现在真的会觉着心碎了。一到心里沉闷得无法解说时，我就会感得心内一阵阵的痛，痛得好似心在那儿一块一块撕下来，还同时觉得往下坠，那一种味儿我敢说世界上没有几个人能享受得到，摩！我也可算得不冤枉了，什么味儿我都尝着过了，所谓人生，我也明白了。要是没有你，我真可以死了。

这两天我连娘的面都不敢见了，暂且躲过两天再说，我只想写信叫你回来，写了几次都没有勇气寄！其实你走了也不过一个多月，可是好像有几年似的，而且心里老有一种感想，好像今天再见不着你了。这是一种坏现象，我知道。我心里总是一阵阵地怕，怕什么我也不知道，只觉着我身边自从没有了你就好似没有了灵魂一样。我只怕没有了你的鞭督，我要随着环境往下流，没有自拔的勇气，又怕懦弱的我容易受人家的支配，眼前一切都乱得像一蓬乱发无从理起，就是我的心也乱得坐卧不宁，我知道一定又要有不幸的事情发生了，他又成天地在家，我简直连写日记的工夫都没有了。

四月二十日

昨天在酒筵前听到说你的小儿子死了，听了吓一跳，不幸的事为什么老接连着缠扰到我们身上来？为什么别人的消息倒比我快，你因何信中一字不提！不知你们见着最后的一面没有，我知道你很喜欢这个小的孩子，这一下又要害你难受几天。但愿你自己保重，摩！我这几日不大好，写信也不敢告诉你，怕你为我担忧，看起来我的身体要支撑不住了，每天只是无故地一阵阵心跳，自你走后我常无端地就耳热心跳。起头我还以为是想着你才有这现象，现在不好了，每天要来几回了。恐怕大病就在这眼前了，若是不立刻离开这环境，简直一两天内就要倒下来了。

四月二十四日

现在我要暂时与你告别，我的爱！我决定去大觉寺休养两礼拜了，在那儿一定没有机会写的，虽然我是不忍片刻离开你的，可是要是不走又要生出事来了，只好等你回来再细细地讲给你听罢！现在我拿你暂时锁起来！爱！让你独自闷在一方小屋子里受些孤单！好不？你知道！要是不将你锁起，一定有贼来偷你！一定要有人来偷看你！我怕你给别人看了去，又怕偷了去，只好请你受点闷气了，不要怨我，恨我！

五月十一日

这一回去得真不冤，说不尽的好，等我一件件的事告诉你。我们这几天虽然没有亲近，可是没有一天我不想你的，在山中每天晚上想写，只可恨没有将你带去，其实带去也不妨，她们都是老早上了床，只有我一个睡不着呆坐着，若是带了你去不是我可以照样每天亲近你吗？我的日记呀！今天我拿起你来心里不知有多少欢喜，恨不能将我要说的话像机器似的倒出来，急得我反不知从哪里说起了。

那天我们一群人到了西山脚下改坐轿子上大觉寺，一连十几个轿子一条蛇似的游着上去，山路很难走，坐在轿上滚来滚去像坐在海船上遇着大风一样的摇摆，我是平生第一次坐，差一点拿我滚了出来。走了三里多路快到寺前，只见一片片的白山，白得好像才下过雪一般，山石树木一样都看不清，从山脚一直到山顶满都是白，我心里奇怪极了。这分明是暖和的春天，身上还穿着夹衣，微风一阵阵吹着入夏的暖气，为什么眼前会有雪山涌出呢？打不破这个疑团，我只得回头向那抬轿的轿夫：“喂！你们这儿山上的雪，怎么到现在还不化呢？”那轿夫跑得面头流着汗，听了我的话他们也好像奇怪似的一面擦汗一面问我：“大姑娘，您说什么？今年的冬天比哪年都热，山上压根儿就没有下过雪，您哪儿瞧见有雪呀？”他们一边说着便四下里去乱寻，脸上都现出了惊奇的样子。那时我真急了，不由地就叫着说：“你们看那边满山雪白的不是雪是什么？”我话还没有说完，他们倒都狂笑起来了：“真是城里姑娘不出门！连杏花儿都不认识，倒说是雪，您想五六月里哪儿来的雪呢？”什么？杏花儿！我简直叫他们给笑呆了。顾不得他们笑，我只乐得恨不能跳出轿子一口气跑上山去看一个明白。天下真有这种奇景么？乐极了也忘记我的身子是坐在轿子里呢，伸长脖子直往前看，急得抬轿的人叫起来了，“姑娘，快不要动呀，轿子要翻了。”一连几晃，几乎把我抛入小涧去。这一下才吓回了我的魂，只好老老实实地坐着再也不敢乱动了。

上山也没有路，大家只是一脚脚地从这块石头跳到那一块石头上，不要说轿夫不敢斜一斜眼睛，就是我们坐的人都连气都不敢喘，两只手使劲拉着轿杠儿，两个眼死盯着轿夫的两只脚，只怕他们一失脚滑下山涧去。那时候大家只顾着自己性命的出入，眼前不易得的美景连斜都不去斜一眼了。

走过一个石山顶才到了平地，一条又小又弯的路带着我们走进大觉寺的山脚下。两旁全是杏树林，一直到山顶，除了一条羊肠小路只容得一个人行走以外，简直满都是树。这时候正是五月里杏花盛开的时候，所以远看去简直像是一座雪山，走近来才看出一朵朵的花，坠得树枝都看不出了。

我们在树荫里慢慢地往上走，鼻子里微风吹来阵阵的花香，别有一种说不出的甜味。摩，我再也想不到人间还有这样美的地方，恐怕神仙住的地方也不过如此了。我那时乐得连路都不会走了，左一转右一转，四围不见别的，只是花。回头看见跟在后面的人，慢慢在那儿往上走，好像都在梦里似的，我自己也觉得我已经不是一个人了。这样的所在简直不配我们这样的浊物来，你看那一片雪白的花，白得一尘不染，哪儿有半点人间的污气？我一口气跑上了山顶，站上一块最高的石峰，定一定神往下一看，呀，摩！你知道我看见了什么？咳，只恨我这支笔没有力量来描写那时我眼底所见的奇景！真美！从上往下斜着下去只看见一片白，对面山坡上照过来的斜阳，更使它无限地鲜丽，那时我恨不能将我的全身滚下去，到花间去打一个滚，可是又恐怕我压坏了粉嫩的花瓣儿。在山脚下又看见一片碧绿的草，几间茅屋，三两声狗吠声，一个田家的景象，满都现在我的眼前，荡漾着无限的温柔。这一会儿我忘记了自己，丢掉了一切的烦恼，喘着一口大气，拼命地想将那鲜甜味儿吸进我的身体，洗去我五脏内的浊气，重新变一个人，我愿意丢弃一切，永远躲在这个地方，不要再去尘世间见人。真是，摩，那时我连你都忘了。一个人呆在那儿，不是他们叫我我还不醒呢！

一天的劳乏，到了晚上，大家都睡得正浓，我因为想着你不能安睡，窗外的明月又在纱窗上映着逗我，便一个人就走到了院子里去，只见一片白色，照得梧桐树的叶子在地下来回地飘动。这时候我也不怕朝露里受寒，也不管夜风吹得身上发抖，一直跑出了庙门，一群小雀儿让我吓得一起就向林子里飞，我睁开眼睛一看，原来庙前就是一大片杏树林子。这时候我鼻子里闻着一阵芳香，不像玫瑰，不像白兰，只熏得我好像酒醉一般。慢慢地我不觉耽了下来，一条腿软得站都站不住了。晕沉沉的耳边送过来清呖呖的夜莺声，好似唱着歌，在嘲笑我孤单的形影；醉人的花香，轻含着鲜洁的清气，又阵阵地送进我的鼻管。忽隐忽现的月华，在云隙里探出头来从雪白的花瓣里偷看着我，也好像笑我为什么不带着爱人来。这恼人的春色，更引起我想你的真挚，逗得我阵阵心酸，不由得就睡在蔓草上闭着眼轻轻地叫着你的名字（你听见没有）。我似梦非梦地睡了也不知有多久，心里只是想着你——忽然好像听得你那活泼的笑声，像珠子似的在我耳边滚“曼，我来”，又觉得你那伟大的手，紧握着我的手往嘴边送，又好像你那顽皮的笑脸，偷偷地偎到我的颊边抢了一个吻去。这一下我吓得连气都不敢喘，难道你真回来了么？急急地睁眼一看，哪儿有你半点影子？身旁一无所有，再低头一看，原来才发见我自己的右手不知道在什么时候握住了我的左手，身上多了几朵落花，花瓣儿飘在我的颊边好似你来偷吻似的。真可笑！迷梦的幻影竟当了真！自己便不觉无味得很，站起来，只好把花枝儿泄气，用力一拉，花瓣儿纷纷落地，打得我一身；林内的宿鸟以为起了狂风，一声叫就往四外里乱飞。一个美丽的宁静的月夜叫我一阵思念着你，为什么不留下你，为什么让你走。

五月十四日

回来了不过三天，气倒又受了一肚子。你的信我都见着了，不要说你过的是什么日子，我又何尝是过的人的日子？两个人在两地受罪，为的是什么？想起来真恼人，这次山中去了几天，再受着无限的伤感，在城里每天沉醉在游戏场中，戏园里，同跳舞场里，倒还能暂时忘记自己，随着歌声舞影去附和；这次在清静的山中让自然的情景一熏，反激起我心头的悲恨，更引动我念你的深切。我知道你也是一般的痛苦，我相信你一个人也是独乐不了，这何苦——摩！你还是回来罢。

事情看起来又要变化了，这几天他又走了，听说这次上海事情若是成功，就要将家搬去，我现在只是每天在祝祷着不要如了他们的愿，不知道天能可怜我们不？在山中我探了一探亲友们的口气，还好！她们大半都同情于我的，却叫我做事情不要顾前顾后，要做就做，前后一顾倒将胆子给吓小了，这话是不错的，不过别人只会说，要是犯到自己身上，也是一样的没有主意。现在我倒不想别的，只想躲开这城市。

这一番山中的生活更打动了我的心，摩！我想到万不得已时我们还是躲到山里去罢！我这次看见好几处美丽的庄园，都是花二三千块钱买一座杏花山，满都是杏花，每年结的杏子，卖到城里就可以度日，山脚下造几间平屋，竹篱柴门，再种下几样四季吃的素菜，每天在阳光里栽栽花种种草，再不然养几个鸟玩玩，这样的日子比做仙人都美。

这次我们坐着轿出去玩的时候，走过好几处这样的人家，有的还请我吃饭呢，他们也不完全是乡下人，虽然他们不肯告诉我们名姓，我们也看得出是那些隐居的人；若是将他们的背景一看，也难说不是跟我们一样的。我真羡慕他们，我眼看他们诚实的笑脸，同那些不欺人的言语，使我更感觉到自己的渺小。摩！我看世间纯洁的心，只有山中还有一两颗。

我知道局面又要有转变，但不知转出怎样的面目来。为了心神的不安定，我更是坐立不安，不知道做什么才好，要想打电报去叫你回来，却又不敢，不叫又没有主意。摩！这日子真不如死去！我也曾同朋友们商量过，他们劝我要做就不可失去这个机会，不如痛痛快快地告诉了他们，求他们的同意，等他们不答应时，我们再想对付的办法；若是再低头跟他们走，那就再没有出头的日子了。摩！这时候我真没有主意了，这个问题一天到晚地在我脑中转，也决不定一个办法。你又不在，一封信来回就要几十天；不要说几十天，就是几天都说不定出什么变化呢！睡也睡不着；白天又要去酬应，所以精神觉得乏极，你看罢！大病快来了。

五月十九日

这几日无日不是浸在愁云中，看情形是一天不如一天了，我们家里除了爸爸之外，其余都是喜气冲冲，尤其是娘，脸上都饰了金，成天的笑。

看起来我以后的日子是没有法子过的了，在这个圈子里是没有我的位置的，就是有也坐不住的。摩！你还不回来，我怕你没有机会再见我了，我的心脏都要裂了，我实在没有法子自己安慰自己，也没有勇气去同她们争言语的短长了。今天和他大闹了一回，回进房里倒在床上就哭，摩！我为什么要受人的奚落！叫人家看着倒像我做了愧心事似的！这种日子我再也忍受不下了。

六月二十一日

好！这一下快一个月没有写了。昨天才回来的，摩，你一定也急死了，这许久没有接着我的信。自从同他闹过我就气病了，一件不如意，件件不如意，不然还许不至于病倒，实在是可气的事太多了，心里收藏不下便只好爆发。那天闹过的第三天又为了人家无缘无故地把意外的事情闹到我头上来，我当场就在饭店里病倒，晕迷得人事不知，也不知什么时候他们把我抬了回来，等我张开眼，已经睡在自己床上了。我只觉得心跳得好像要跑出喉管，身体又热得好像浸在火里一般，眼前只看见许多人围在床边叫我不要急，已经去请医生了。到三点多钟 B 才将医生打仗似的从床上拉了起来，立刻就打了两针，吃了一点药。这个老外国克利医生本是最喜欢我的，见我病了他更是尽心地看；坐在床边拉着我的手数脉跳的数目，屋子里的人却是满面愁容连大气都不敢出，我看大家的样子，也明白我病得不轻。等了二十几分钟我心跳还不停，气更喘得透不过来，话也一句说不出，只看见W、B同医生轻轻地走出外边唧唧地细语，也不知道说些什么。一会儿 W 轻轻地走到床边在我耳旁细声地说：“要不要打电报叫摩回来？”我虽然神志有些昏迷，可是这句话我听得分外清楚的。我知道病一定是十分凶险，心里倒也慌起来了："是不是我要死了？"他看我发急的样子，又怕我害怕，立刻和缓着脸笑眯眯地说："不是，病是不要紧，我怕你想他所以问你一声。"我心里虽是十二分愿意你立刻飞回我的身旁，可是懦弱的我又不敢直接地说出口来，只好含着一包热泪对他轻轻地摇了一摇头。

医生看我心跳不停也只好等到天亮将我送进医院，打血管针，照 X 光，用了种种法子才将我心跳止住。这一下就连着跳了一日一夜，跳得我睡在床上软得连手都抬不起来；到了第三天我才知道 W 已经瞒着我同你打了电报，不见你的回电，我还不知道呢！

自从接着你的电报我就急得要命，自己又没有力气写信，看你又急得那样子，又怕你不顾一切地跑了回来；只好求 W 给你去信将病情骗过，安了你的心再说。头几天我只是心里害怕，他们又不肯对我实说，我只怕就此见不着你，想叫你回来，一算日子又怕等你到，我病已经好了，反叫人笑话。到第四天，医生坐在床上同我说许多安慰的话，他说，你若是再胡思乱想不将心放开，心跳不能停，再接连地跳一日一夜就要没有命了；医生再有天大的能力也挽不回来了。天下的事全凭人力去谋的，你若先失却了性命，你就自己先失败。听了他这一遍话我才真正地丢开一切，什么也不想；只是静静地休养，一个人住了一间很清静的病房，白天有 W 同 B 等来陪我说笑，晚上睡得很早，一个星期后才见往好里走。

在院里除了想你外，别的都很好：这次病中多亏 W 同 B 的好意，你回来必须好好地谢谢他们呢！这时候我又回到自己家里。他是早就在我病的第二天动身赴沪了，官要紧，我的病是本来无所谓的。走了倒好，使我一心一意地静养，总算过着二十天清闲日子，不过一个人静悄悄地睡在床上更是想你不完。你的信虽然给我不少安慰，可也更加深我的惆怅。现在出了院问题就来了，今天还是初次动笔，不能多写，明后天再说罢。

六月二十六日

今天又接着你的电报！真是要命的！我知道你从此不会安心的了，其实你也不必多忧，我已经好多了，回家后只跳了五天，时间并不长，不久一定要复原的。真急死我了，路又远，信的来回又日子长；打电报又贵，你叫我怎样安慰你呢？看着你干着急我心里也是难过，想要叫你回来又怕人笑，虽然半年的期限已经过了一半，以后的三个月恐怕更要比以前的难过。目前我是一切都拿病来推，娘那里也不敢多去，更不敢多讲，见面只是说我身体上种种的病，所以她们还没有开口叫我去呢，这暂时的躲避是没有用的；我自己也很明白，不过想来想去也想不出个良善的法子来对付，真是过了一天算一天，你我的前程真不知是怎样一个了局呢！

六月二十八日

因为没有力气所以耽在床上看完一本“The Painted Veil（注：《假面》），看得我心酸到万分；虽然我知道我也许不会像书里的女人那样惨的。书中的主角是为了爱，从千辛万苦中奋斗，才达到了目的；可是欢聚了没有多少日子男的就死了，留下她孤单单地跟着老父苦度残年。摩！你想人间真有那样残忍的事么？我不知道为什么要为故人担忧，凭空哭了半天，哭得我至今心里还是一阵阵地隐隐作痛呢！想起你更叫我发抖，但愿不幸的事不要寻到我们头上来。只可恨将来的将来，不能让我预先知道，你我若是有不幸的事临头，还不如现在大家一死了事的好。

我正在伤心的时候又接到你三封信，看了使我哭笑不能。摩，我知道你是没有一分钟不在那儿需要我，我也知道你随时随地地在那儿叫着我的名字——爱！你知道我的身体虽然远在此地，我的灵魂还不是成天环绕在你的身旁；你一举一动我虽不能亲眼看见，可是我的内心什么都感觉得到的。

今天在外边吃饭！同桌的人无意（也许是有意）说了一句话，使我好像一下从十八层楼上跌了下来。原来他有一个朋友新从巴黎回来，看见你成天在那里跳舞，并且还有一个胖女人同住。不管是真是假，在我听得的时候怎能不吃惊！况且在座的朋友们，都是知道你我交情很深，说着话的时候当然都对发我笑，好像笑我为什么不识人！那时我虽然装着快乐的样子，混在里面有说有笑，其实我心里的痛苦真好比刀刺还厉害；恨不能立刻飞去看看真假。虽然我敢相信你不会那样做，不过人家也是亲眼看见的，这种话岂能随便乱说呢？这一下真叫我冷了半截，我还希望什么？我还等什么？我还有什么出头的日子？你看你写的那一封封的信，哪一封不是满含至诚的爱？哪一封不是千斛的想思？哪一字，哪一语不感动得我热泪直流，百般的愧恨？现在我才明白一切都是幻影，一切都是假的。咳，我不要说了，我不忍说了，我心已碎，万事完了，完了，一切完了。

七月十六日

为了一时的气愤凭空丢了好些日子，也无心于此了。其实今天回过来一想，你一定不会如此的；虽然心里恨你，可是没有用，照样日夜地想你。前天实在忍受不住了，打了一个电报叫你回来，发出了电报又后悔，反正心里左也不是右也不是，白日虽跟着他们游玩儿，一到夜静，什么都又回到脑子里来了。

今天我的动笔是与你告别了，摩！你知道事情出了大变化——这变化本来是在我预料中的，我也早知道要这样结果的，我自问我的力量是太薄弱，没有勇气，所以只好希望你回来帮助我，或许能挽回一切。你知道，前天我还没有起床就叫家里来的人拉了回去；进门就看见一家人团团围坐在一个屋子里，好像议论什么国家大事似的；有的还正拿着一封信来回地看，有的聚在一起细声地谈论。看了这样严重的情形，倒吓我一跳，以为又是你来了什么信，使得他们大家纷纷议论呢。见我进去，娘就在母舅手里抢过信来掷在我身上，一边还说，“你自己去看罢！倒是怎么办？快决定！”我拿起来一看才知道是他来的信。一封爱的美敦书，下令叫娘即刻送我到南方去，这次再不肯去就永远不要我去了。口吻非常严厉，好像长官给下属的命令一般，好大的口气。我一边看一边心里打算怎样对付；虽然我四面都像是满布着埋伏，不容我有丝毫的反响，可是我心里始终不愿意就此屈服，所以我看完了信便冷冷地说：“我道什么大事！原来是这一点小事！这有什么为难之处呢？我愿意去就去，我不愿去难道能抢我去么？”娘听了这话立刻变了脸说：“哪儿有这样容易，嫁鸡随鸡，嫁狗随狗，这是古话；不去算什么？”我那时也无心同他们争论，我只是心里算着你回来的日子，要是你接着电报就走，再有二十天也可以到了，无论如何这几天的工夫总可以设法迟延的，只是眼前先要拖得下才成。所以当时我决定不闹，老实敷衍他们，谁知他们更比我聪明，我心里的意思他们好似看得见一般，简直连这一点都不允许；非逼着我答应在这一个星期中动身不可，这一来可真恼恨了我，连气带急，将我的老毛病给请了回来。当时心跳得就晕了过去，到灵魂儿转回来时，一屋子的人都已静悄悄地不敢再争着讲话了。我回到家中，什么都不想要了，我觉得眼前一切都完了，希望也没有了，我这里又是处于这种环境之下，你那里要是别人带来的消息是真的话，我不是更没有所望了么？看起来我是一定要叫他们逼走的，也许连最后的一面都要见不着你，我还求什么？不过我明天还要去同他们作一个最后的争论，就是要我走，也非容我见着你永诀了再走不可。咳，摩，这时候你能飞来多好！你叫我一个人怎么办？说又没有地方去说，只有W还能相商，不过他又是主张决裂的，强霸的。我又有点不敢。天呀！你难道不能给我一点办法么？我难道连这点幸福都不能享得么？

七月十七日

昨晚苦思一宵，今晨决定去争闹，无论什么来都不怕，非达到目的不可，谁知道结果还是一样，现在又只剩我一个人大败而回。这一回是真绝望定了，我的力量也穷了。

我走去的时候是勇气百倍，预备拿性命来碰的，所以进内就对他们说，要是他们一定要逼我去的话，我立刻就死，反正去也是死，不过也许可以慢点，那何不痛快点现在就死了呢？这话他们听了一点也不怕，也不屈服，他们反说："好的，要死大家一同死！"好，这一下倒使我无以下台。真死，更没有见你的机会，不死就要受罪，不过我心里是痛苦到万分，既然讲不明白我就站起来想走了。他们见我真下了决心倒又叫了我回去；改用软的法子来骗我，种种地解说，结果是二老对我双泪俱流地苦苦哀求。咳！可怜的他们！在他们眼光下离婚是家庭中最羞惭的事，儿女做了这种事，父母就没脸见人了，母亲说只要我允许再给他一个机会，要是这次前去他再待我不好，再无理取闹，自有他们出面与我离，决不食言，不过这次无论如何再听他们一次。直说得太阳落了山，眼泪湿了几条手帕，我才真叫他们给软化了。父母到底是生养我的，又是上了年纪；生了我这样的女儿已经不能随他们心，不能顺他们的志愿，岂能再害他们为我而死呢？所以我细细地一想，还是牺牲了自己罢！我们反正年轻，只要你我始终相爱，不怕将来没有机会。只是太苦了，话是容易讲的，只怕实行起来不知要痛苦到如何程度呢！我又是一身的病，有希望的日子也许还能多活几年，要是像现在的岁月，只怕过不了几个月就要萎颓下来了。

摩！我今天与你永诀了，我开始写这本日记的时候本预备从暗室走到光明，忧愁里变出欢乐，一直地往前走，永远地写下去，将来若是到了你我的天下时，我们还可以合写你我的快乐，到头发白了拿出来看，当故事讲，多美满的理想！现在完了，一切全完了，我的前程又叫乌云盖住了，黑暗暗的又不见一点星光。

摩！唯一的希望是盼你能在二星期中飞到，你我做一个最后的永诀。以前的一切，一个短时间的快乐，只好算是一场春梦，一个幻影，没有留下一点痕迹，可以使人们纪念的，只能闭着眼想想，就是我唯一的安慰了。从此我不知道要变成什么呢！也许我自己暗杀了自己的灵魂，让躯体随着环境去转，什么来都可以忍受，也许到不得已时我就丢开一切，一个跑入深山，什么都不要看见，也不要想，同没有灵性的树木山石去为伍，跟不会说话的鸟兽去做伴侣，忘却我自己是一个人，忘却世间有人生，忘却一切的一切。

摩！我的爱！到今天我还说什么？我现在反觉得是天害了我，为什么天公造出了你又造出了我？为什么又使我们认识而不能使我们结合？为什么你平白地来踏进我的生命圈里？为什么你提醒了我？为什么你来教会了我爱？爱，这个字本来是我不认识的，我是模糊的，我不知道爱也不知道苦，现在爱也明白了，苦也尝够了，再回到模糊的路上去倒是不可能了，你叫我怎么办？

我这时候的心真是碎得一片片地往下落呢！落一片痛一阵，痛得我连笔都快拿不住了，我好怨！我怨命，我不怨别人。自从有了知觉我没有得到过片刻的快乐，这几年来一直是忧忧闷闷地过日子，只有自从你我相识后，你教会了我什么叫爱情，从那爱里我才享受了片刻的快乐——一种又甜又酸的味儿，说不出的安慰！可惜现在连那片刻的幸福也没福再享受了。好了，一切不谈了，我今后也不再写什么日记，也不再提笔了。

现在还有一线的希望！就是盼你回来再见一面，我要拿我几个月来所藏着的话全盘的倒了出来，再加一颗满含着爱的鲜红的心，送给你让你安排，我只要一个没有灵魂的身体让环境去践踏，让命运去支配。

你我的一段情缘，只好到此为止了，此后我的行止你也不要问，也不要打听，你只要记住那随着别人走的是一个没有灵魂的人。我的灵魂还是跟着你的，你也不要灰心，不要骂我无情，你只来回地拿我的处境想一想，你就一定会同情我的，你也一定可以想象我现在心头的苦也许更比你重三分呢！

要是我们来不及见面的话，你也不要怨我，不是我忍心走，也不是我要走，我只是已经将身体许给了父母！我一切都牺牲了，我留给你的是这本破书，虽然写得不像话，可是字字是从我热血里滚出来的，句句是从心底里转了几转才流出来的，尤其是最后这两天！哪一字，哪一句不是用热泪写的？几次的写得我连字都看不清，连笔都拿不动，只是伏在桌上喘。我心里的痛也不用多说，我也不愿意多说，我一直是个硬汉，什么来都不怕，我平时最不爱哭，最恨流泪，可是现在一切都忍受不住了。

摩，我要停笔了，我不能再写下去了；虽然我恨不得永远地写下去，因为我一拿笔就好像有你在边儿上似的，永远地写就好像永远与你相近一般，可是现在连这唯一的安慰都要离开我了。此后"安慰"二字是永远不再会跑上我的身了，我只有极大地加速前跑；走最近的路——最快的路——往老家走罢，我觉得一个人要毁灭自己是极容易办得到的。我本来早存此念的；一直到见着你才放弃。现在又回到从前一般的境地去了。

此后我希望你不要再留恋于我，你是一个有希望的人，你的前途比我光明得多，快不要因我而毁坏你的前途，我是没有什么可惜的，像我这样的人，世间不知要有多少，你快不要伤心，我走了，暂时与你告别，只要有缘也许将来会有重见天日的一天，只是现在我是无力问闻。我只能忍痛地走——走到天涯海角去了。不过——你不要难受，只要记住，走的不是我，我还是日夜地在你心边呢！我只走一个人，一颗热腾腾的心还留在此地等——等着你回来将它带去呢！

一生半累

『此六通书信为徐志摩去世后陆小曼写给胡适的信。』

先生：

这是哪里说起！苍天因何绝我如斯！想我平生待人忠厚，为人虽不能说毫无过失，也从不敢做害人之事，几年来心神之痛苦也只是默然忍受，盼的是下半世可以过些清闲的岁月，谁知苍天竟打我这一下猛烈的霹雳，夫复何言？天有眼，地有灵，难道没有慈悲之心么？叫我怨谁好，恨谁是？命也运也，先生，我万想不到会有这等事临到我头上来的，我，我还说什么？上帝好像只给我知道世上有痛苦，从没有给我一些乐趣，可怜我十年来所受的刺激未免太残酷了，这一下我可真成了半死的人了，若能真叫我离开这可怕的世界，倒是菩萨的慈悲，可是回头看看我的白发老娘，还是没有勇气跟着志摩飞去云外，看起来我的罪尚未了清，我只得为着他再摇一摇头与世奋斗一下，现在只有死是件最容易的事了，我还是往满是荆棘的道去走罢。我，生前无以对他，只得死后来振一振我这一口将死的气，做一些他在时盼我做的事罢。希望天可怜我，给我些精力，不要再叫病魔成天地缠我。我一定做些惊人的事，叫他在泉下亦笑一笑，才不负他爱我的一片心，只可怜从此后便一个人来打天下了。以后的寂寞的岁月怕没有些勇气也难以往下过的。这一种的惩罚我现在默认了，我一点儿也不怨天，也不恨人，我只是含悲忍痛地自认。咳，先生！我希望你也给我些最后相助，我已受着天地间最厉害的报罚，我愿意不要再受人们的责问，你也是知道我的一个人，我现在心里痛，也非笔墨所能形容的，一个心高气傲的我，现在打得心灰意懒的了。从此我只寄托我的心在事业上了，别的事情我是一概丢去了，小曼从此变一个人了，你们看罢。

我才起床了两天，许多事还没有力气去做，我以后的经济问题，全盼你同文伯二人帮助了，老太爷处如何说法文伯也都与你说过了，我只盼你能早日来（最好王文伯未走之前），文伯说你今天来信又有不管之意，我想你一定不能如斯地忍心，你爱志摩你能忍心不管我么？我们虽然近两年来意见有些相左，可是你我之情岂能因细小的误会而有两样么？你知道我的朋友也很少，知己更不必说，我生活上若不得安逸，我又何能静心地工作呢？这是最要紧的事，你岂能不管呢？我怕你心肠不能如斯之忍罢！

当初本是你一人的大力成全我们的，我们对你的深情永不忘的，现在志摩丢下我一人，我不死也为他，不然我又有何留恋呢？我这种终日在病魔中的人本无多日偷生，我只盼你能将我一二年内的生活费好好与我安排一下，让我在这个时间将志摩与我的未了心愿做就，留下些不死的东西，不负他爱我之情与朋友盼我之意，我即去天边寻我的摩，永远地相亲相爱，那时想象朋辈一定不能再有怨我之处了，只是这二年内我再不能受经济的痛苦了。

志摩还有不少信、日记在京，请你带下，不要随便与人家看，等我看过再发表，我想他的信、日记，以后由我自己编，三个月内一定可以有二本出版，可是亦望你好好地帮我一下，洵美之意也愿意他的东西一起由我自编，最好你能早来海上多等些日子，我们大家一起努力地做一下，我还想通知各好友处，如他的信愿意发表的，也寄给我，他的诗和散文如有，我看请你同他编一下，因为我一人怕来不及，我还想写一本我所知道的志摩，不过我近年于学识是荒废得可怕，我日内即好好地用一下死功，我也可借此将我的心用在别的上，不然我想怕半年也活不了，洵美说现在的版税每月连五十块钱都没有，全要看我们将来的了。

我昨天寻了一天也不见志摩上次在外国给我的那一百封信，真气得我半死，因为去年先父故时，家中乱极，许多东西都在那时不见的，明天我再找一下，希望可以寻着。他信虽不少，可是英文的多，最美的还是英文，不知可以发表否。

叔华来信想将她那里的信送我，我真是万分地感谢她，在此人情浅薄的时间，竟有她这样的热心，叫我无以相对。

先生我同你两年来未曾有机会谈话，我这两年的环境可说坏到极点，不知者还许说我的不是，我当初本想让你永久地不明了，我还有时恨你能爱我而不能原谅我的苦衷，与外人一样地来责罚我，可是我现在不能再让你误会下去了，等你来了可否让我细细地表一表？因为我以后在最寂寞的岁月愿有一二人能稍微给我些精神上的安慰。

现在我精力将尽，手腕发抖，还有许多话写不下去了，等下次再谈罢，希望你在百忙中能与将日后的办法好好地安排一下，因我受此一击后，脑子都有些麻木了，有时心痛起来眼前直是发黑，一生为人，到今天才知道人的心是真的会痛如刀绞的，苍天凭空抢去了我唯一的可爱的摩，想起他待我的柔情蜜意，叫我真不能一日活，我的眼泪也已流干，这两日只是一阵阵地干痛，哭笑不能。先生，我，唉，我简直没有话可说了，只盼苍天眷顾大家，给我些勇气，让我能做完我这未了的心愿，不半途而死，那还是无以对我的爱摩。心碎而痛我强忍振作，先生盼你救我一救罢！

小曼

先生：

盼了多日昨天才接来函。我知道你是极关心我的将来的一个人，一向散漫的我，这一次再不能叫朋友们失望了，现在我也不爱多讲，因为不信的是始终不信的，事情只在做不在说，就是说破嘴，不信的还是不信，大家等着将来看罢。

我这一次的遭遇，可算是人生最痛苦的了，本来从此生活上再不能有先前的安逸，现不盼望有什么快乐，以前的我只好认为死去，我的心也只能算是同他一起飞去，以后我独自一人只好孤单地独自奋斗，从此单调再没有别的附和，前途虽是黑暗，可是有他一点灵光在先引着，不怕我没有成功，究竟我不是一个没有志气的人。文伯当然有些太乐观，可是有他这一催促，我再不能叫他失望，我也同时盼你不要太消极了。

他的全部著作当然不能由我一人编，一个没有经验的我也不敢负此重责，不过他的信同日记我想由我编（他的一切信件同我的他的日记都在北平，盼带来）我想在每信后加上小注，你看如何，你来我盼你能同我商量一切，事情多，盼多分些时候出来。

还有他别的遗文等也盼你先给我看过再去付印。我们的日记更盼不要随便给人家看，造成别忘。

老太爷处等你来决定，盼你最后一次与我稍卖一点力气，当初你一片心成全我们，谁又知道你还有这样悲惨一幕剧在后头，你也真可算不幸了，更不同提我。回忆当初一片苦心，真叫人无一日可生，人生到此还说什么？

好像他还有一个英文打字机在北平，不知是否，如有也请带来，我要打他的英文信。

还有一事，大雨也少摩三百块钱，可否请你转向请他在年内给我，因为他在绸缎庄上拿的东西年底要算账的，我此时再没有钱来垫。听他也没有钱，不过比我终还好些。

北大的钱（十二月份）你是带来么，要过年没有还钱我这二个月就没有法子过。咳，金钱太可恶了，他要不是为经济，许还不至于死，我真恨，恨一切，从此再没有我喜欢的东西了。

我天天吃药养身，可是还是瘦无人样，本来心碎如何能补？

细情照面再谈。

曼

二十六日晚

先生：

天天想写信不是人倦，就是事情忙，又加这些日病又找了我几天，真也是命运。一碗碗的苦水往下送还是不见好，每天押着自己四五小时的功，看二三时的书已是十分疲乏了，不要说再有余力来写信，也许还因心绪伤乱的缘故，虽然我百般地自己想法子忘去一切，可是事实上是做不到的，眼看年关就怕难过，叫我怎能不急，四面想法钱还是不够，新月穷得行中只有几千块钱，变卖手饰一时也无主，朋友穷的多，可是账又非还不可，你看如何？我想请你设法将校中二月份的钱在二号前给我寄来，最好你若有钱再给我多寄几百，我是到无法可想的时候才说此话的，向人借钱的事我是最做不来的，现在的日子是一天不如一天了，就是年过了，以后我如能过，二百五十元只够我吃药看病请先生吃烟。就算以后将以上几种都除去，也非有一半年的时候不成，叫我现在新伤未愈，病恹恹的时候，怎能立刻摆除一切呢？想起来简直是一天都度不下，不过愈想愈病，愈病是愈没有办法，只有听天由命罢。

我早知老太爷一样也不管，我也不多事去念什么经了，虽然事属迷信，不过我总觉得一点不做十分对不着他，已经不能让我回去陪伴他的灵，我已是终身抱恨的了，我们几年相爱，到今天连灵前都不能去，叫我怎能不恨？真怨，老爷子真也太不讲人情了，他失去儿子有女儿相陪，可不想想我从今以后变了孤单人，又没有小孩子，有谁能陪伴于我？他太不与人设想了，也怪我的命运太蹇之故，怨做什么？

忙了过年，又须立刻搬家，这屋子太大了，无福享受了，这些日心更烦，更痛，前途一切都很黑，怕我单独打不出路来，怎好！盼你先帮我过了年关再说，请早日来信。

祝你快乐

太太前问候

曼上一月二十六日

先生：

此番蒙你的大力为我奔波，真叫我无从谢起，虽然事情不甚顺手，也只怪我命薄，你们的盛意我是一样地感谢的。

草稿看过不知谁是寄庼。还有一事不明白，不知为何需到每月二十日才能凭折去取钱，最好是仍用我的旧支票本，每月初去取或是每年许我自由（不论何日何月）可以去取钱（用支票），如此办法于我稍为便利些，于老爷子也无大损，不知可否代达。

竞武已来过，他很肯帮忙，他只叫我养病读书，经济不足他随时补助，可以请你们放心，我一定从此决心做一个你们所盼我的一种人，决不叫人再笑我无能。

洵美尚未来过，盼你们在百忙中再分出几分钟来看我一次，今天小郭来过，也无非相对黯然而已，咳，什么都有再见的时候，只是再也见不着我的摩了。

你若愿去看摩，不妨我们同去一次，你看如何？

盼你来，最好文伯、慰慈同来。

此上

先生刻安

曼上

先生：

谁知道时光过得如此的快，转眼已有两个多月没有通信了。我自从出痧子以后，天天忙着画，简直可以说忙得连喘气的工夫都没有，因为我在病中感觉到一种痛苦，是不可言语的，在我的思想上因此也变了一种观念，病好了立刻看透一切的一切，忘记了一切的一切，我发誓在短时间要成功一样事业，这两个月内我的成绩不算坏了，上星期几个朋友一起开了一个扇子展览会。一个学画不到一年的我居然也会在许多老前辈里面出品，卖十六元至十元一把，拿去几幅不到一星期都卖完，还有外省来定的，你看，是不是运气？也许是天可怜我，给我一条最后的路走走。如此也好给我些勇气，我现在画的，自己看简直没有什么好处，不过朋辈都很惊奇我进步的迅速，也许他们骗骗我高兴而已，不过这也是我一种苦心，近况不得不告诉你，让你也好放心，虽然一切都很顺手，可是有时想起来我的可怜的摩，使我一切都看得如同灰尘，就是学成了大画家也是无味，他也再不能回来了。

林先生前天去北平，我托了他许多事情，件件要你帮帮忙，日记千万叫他带回来，那是我现在最宝爱的一件东西，离开了已有半年多，实在是天天想他了，请无论抄了没有先带了来再说，文伯说叔华等因摩的日记闹得大家无趣，我因此很不放心我那一本，你为何老不带回我，岂也有另种原因么，这一次求你一定赏还了我罢，让我夜静时也好看看，见字如见人，也好自己骗骗自己，你不要再使我失望了（上次文伯回来我为何叫他带来的呢）。

过了夏天我要搬家，现在房子太大，虽然两处住，总觉得不便利，还是一个人住得清静。志摩时常在家，我常常见着他的，谁说没有鬼，没有灵？他何时时来何时时去我都知道，他这几天在那里生病，人非常地瘦，我一切都知道，只是我们不能讲话，也不能通信，我去的他能见，他不能来，这也是人生的恨事，你是不信神鬼的，我现在一切都信，许多怪事也不要说了，好在你不信。

我托老邓的事他因何不办，多少钱请你先付，我即刻寄去，请你给我买一点旧纸，好墨，旧颜色，我现在一天到晚心都在画上，故宫的画真想看看去。

精神现在还好，不过也胖不了，药还是不断地吃，离了药瓶却还是不行。你身体好罢，盼你在忙中分出几分钟给我写几行，说说你的近况。

太太前问候

小曼上

先生：

一天亦不得闲！真是烦死我了。今天本想在家做点事情，哪知又不能如愿，现在又得出去赴一点免不了的茶会，是从前的老同学从美国回来的，要想静静地同你谈谈亦不得机会，无味得很，我想你今天一定来的，我又不能在家，你说巧不巧，早晨张道宏同一个杨先生来坐了许久，腻烦得我只想哭，一个人活着就有这些无味的事，你躲不了的。

昨天同三舅母两个去看电影，见着慰慈同梦绿，他俩对我的样子使我心里非常地难受，可惜慰慈没有接到我寄出外国的那封信，不然他一定明白我了，他只想同我一起玩，她又不乐意，为了一个朋友为什么叫他们夫妻生意见呢？有机会望你同慰慈谈谈，活在世上就有许多不如意的事，人间有一个十分满意的人么？明天千万来，我现在要走了，不放心你，写一个字条让你知道，我今晚七八点回家。

小曼

㊀

哭摩

我深信世界上怕没有可以描写得出我现在心中如何悲痛的一支笔，不要说我自己这支轻易也不能动的一支。可是除此我更无可以泄我满怀伤怨的心的机会了，我希望摩的灵魂也来帮我一帮，苍天给我这一霹雳直打得我满身麻木得连哭都哭不出，浑身只是一阵阵的麻木。几日的昏沉直到今天才醒过来，知道你是真的与我永别了。摩！慢说是你，就怕是苍天也不能知道我现在心中是如何的疼痛，如何的悲伤！从前听人说起“心痛”我老笑他们虚伪，我想人的心怎会觉得痛，这不过说说好听而已，谁知道我今天才真的尝着这一阵阵心中绞痛似的味儿了。你知道么？曾记得当初我只要稍有不适即有你声声的在旁慰问，咳，如今我即使是痛死也再没有你来低声下气的慰问了。摩，你是不是真的忍心永远的抛弃我了么？你从前不是说你我最后的呼吸也须要连在一起才不负你我相爱之情么？你为甚么不早些告诉我是要飞去呢？直到如今我还是不信你真的是飞了，我还是在这儿天天盼着你回来陪我呢，你快点将未了的事情办一下，来同我一同去到云外去优游去罢，你不要一个人在外逍遥，忘记了闺中还有我等着呢！

这不是做梦么？生龙活虎似的你倒先我而去，留着一个病恹恹的我单独与这满是荆棘的前途来奋斗。志摩，这不是太惨了么？我还留恋些甚么？可是回头看看我那苍苍白发的老娘，我不由一阵阵只是心酸，也不敢再羡你的清闲爱你的优游了，我再哪有这勇气，去丢她这个垂死的人而与你双双飞进这云天里去围绕着灿烂的明星跳跃，忘却人间有忧愁有痛苦像只没有牵挂的梅花鸟。这类的清福怕我还没有缘去享受！我知道我在尘世间的罪还未满，尚有许多的痛苦与罪孽还等着我去忍受呢。我现在惟一的希望是你倘能在一个深沉的黑夜里，静静凄凄地放轻了脚步走到我的枕边给我些无声的私语让我在梦魂中知道你！我的大大是回家来探望你那忘不了你的爱来了，那时间，我决不张惶！你不要慌，没人会来惊扰我们的。多少你总得让我再见一见你那可爱的脸我才有勇气往下过这寂寞的岁月。你来罢，摩！我在等着你呢。

事到如今我一点也不怨，怨谁好？恨谁好？你我五年的相聚只是幻影，不怪你忍心去，只怪我无福留，我是太薄命了，十年来受尽千般的精神痛苦，万样的心灵摧残，直将我这颗心打得破碎得不可收拾，今天才真变了死灰的了，也再不会发出怎样的光彩了。好在人生的刺激与柔情我也曾尝味，我也曾容忍过了。现在又受到了人生最可怕的死别。不死也不免是朵憔悴的花瓣再见不着阳光晒也不见甘露漫了。从此我再不能知道世间有我的笑声了。

经过了许多的波折与艰难才达到了结合的日子，你我那时快乐直忘记了天有多高地有多厚，也忘记了世界上有忧愁二字，快活的日子过得与飞一般快，谁知道不久我们又走进忧城。病魔不断地来缠着我。它带着一切的烦恼，许多的痛苦，那时间我身体上受到了不可言语的沉痛，你精神上也无端的沉入忧闷。我知道你见我病身呻吟，转侧床第，你心坎里有说不出的怜惜，满肠中有无限的伤感。你曾慰我，我却无从使你再有安逸的日子。摩，你为我荒废了你的诗意，失却了你的文兴，受着一般人的笑骂，我也只是在旁默然自恨，再没有法子使你像从前的欢笑。谁知你不顾一切的还是成天的安慰我，叫我不要因为生些病就看得前途只是黑暗，有你永远在我身边不要再怕一切无谓的闲论。我就听着你静心平气的养，只盼着天可怜我们几年的奋斗，给我们一个安逸的将来。谁知道如今一切都是幻影，我们的梦再也不能实现了，早知有今日何必当初你用尽心血地将我抚养呢？让我前年病死了，不是痛快得多么？你常说天无绝人之路，守着好了，哪知天竟绝人如此，哪里还有我平坦走着的道儿？这不是命么？还说甚么？摩，不是我到今天还在怨你，你爱我，你不该轻身，我为你坐飞机吵闹不知几次，你还是忘了我的一切的叮咛，瞒着我独自地飞上天去了。

完了，完了，从此我再也听不到你那叽咕小语了，我心里的悲痛你知道么？我的破碎的心留着你来补呢，你知道么？唉，你的灵魂也有时归来见我么？那天晚上我在朦胧中见着你往我身边跑，只是那一霎眼的就不见了，等我跳着、叫着你，也再不见一些模糊的影子了。咳，你叫我从此怎样度此孤单的日月呢？真是叫天天不应，叫地地不响，苍天如何给我这样惨酷的刑罚呢！从此我再不信有天道，有人心，我恨这世界，我恨天，恨地，我一切都恨。我恨他们为甚么抢了我的你去，生生的将我们两颗碰在一起的心离了开去，从此叫我无处去摸我那一半热血未干的心。你看，我这一半还是不断地流着鲜红的血，流得满身只成了个血人。这伤痕除了那一半的心血来补，还有甚么法子不叫她不滴滴的直流呢？痛死了有谁知道？终有一天流完了血自己就枯萎了。若是有时候你清风一阵的吹回来见着我成天为你滴血的一颗心，不知道又要如何的怜惜如何的张惶呢。我知道你又看直着两个小猫似眼珠儿乱叫乱叫着。我希望你叫高声些，让我好听得见，你知道我现在只是一阵阵糊涂，有时人家大声地叫着我，我还是东张西望不知声音是何处来的呢。大大，若是我正在接近着梦边，你也不要怕扰了我的梦魂像平常似的不敢惊动我，你知道我再不会骂你了，就是你扰我不睡，我也不敢再怨了，因为我只要再能得到你一次的扰，我就可以责问他们因何骗我说你不再回来，让他们看着我的摩还是丢不了我，乖乖的又回来陪伴着我了，这一回我可一定紧紧的搂抱你再不能叫你飞出我的怀抱了。天呀！可怜我，再让你回来一次吧！我没有得罪你，为甚么罚我呢？摩！我这儿叫你呢，我喉咙里叫得直要冒血了，你难道还没有听见么？直叫到铁树开花，枯木发声我还是忍心等着，你一天不回来，我一天的叫，等着我哪天没有了气我才甘心地丢开这惟一的希望。

你这一走不单是碎了我的心，也收了不少朋友伤感的痛泪。这一下真使人们感觉到人世的可怕，世道的险恶，没有多少日子竟会将一个最纯白最天真不可多见的人收了去，与人世永诀。在你也许到了天堂，在那儿还一样过你的欢乐的日子，可是你将我从此就断送了。你以前不是说要我清风似的常在你的左右么？好，现在倒是你先化着一阵清风飞去天边了，我盼你有时也吹回来帮着我做些未了的事情，只要你有耐心的话，最好是等着我将人世的事办完了同着你一同化风飞去，让朋友们永远只听见我们的风声而不见我们的人影，在黑暗里我们好永远逍遥自在的飞舞。

我真不明白你我在佛经上是怎样一种因果，既有缘相聚又因何中途分散，难道说这也有一定的定数么？记得我在北平的时候，那时还没有认识你，我是成天的过着那忍泪假笑的生活。我对人老含着一片至诚纯白的心而结果反遭不少人的讥诮，竟可以说没有一个人能明白我，能看透我的。一个人遭着不可言语的痛苦，当然地不由生出厌世之心，所以我一天天地只是藏起了我的真实的心而拿一个虚伪的心来对付这混浊的社会，也不再希望有人来能真真的认识我明白我，甘心愿意从此自相摧残的快快了此残生，谁知道就在那时候会遇见了你，真如同在黑暗里见着了一线光明，遂死的人又兑了一口气，生命从此转了一个方向。摩摩，你的明白我，真算是透彻极了，你好像是成天钻在我的心房里似的，直到现在还只是你一个人是真还懂得我的。我记得我每遭人辱骂的时候你老是百般的安慰我，使我不得不对你生出一种不可言喻的感觉。我老说，有你，我还怕谁骂；你也常说，只要我明白你，你的人是我一个人的，你又为甚么要去顾虑别人的批评呢？所以我哪怕成天受着病魔的缠绕也再不敢有所怨恨的了。我只是对你满心的歉意，因为我们理想中的生活全被我的病魔来打破，连累着你成天也过那愁闷的日子。可是两年来我从来未见你有一些怨恨，也不见你因此对我稍有冷淡之意。也难怪文伯要说，你对我的爱是Complete and true[1]的了。我只怨我真是无以对你，这，我只好报之于将来了。

我现在不顾一切往着这满是荆棘的道路上走去，去寻一点真实

[1] 完完全全是真心的。

的发展，你不是常怨我跟你几年没有受着一些你的诗意的陶熔么？我也实在惭愧，真也辜负你一片至诚的心了，我本来一百个放心，以为有你永久在我身边，还怕将来没有一个成功么？谁知现在我只得独自奋斗，再不能得你一些相助了，可是我若能单独撞出一条光明的大路也不负你爱我的心了，愿你的灵魂在冥冥中给我一点勇气，让我在这生命的道上不感受到孤立的恐慌。我现在很决心的答应你从此再不张着眼睛做梦躺在床上乱讲，病魔也得最后与它决斗一下，不是它生便是我倒，我一定做一个你一向希望我所能成的一种人，我决心做人，我决心做一点认真的事业，虽然我头顶只见乌云，地下满是黑影，可是我还记得你常说“受苦的人没有悲观的权利”，一个人决不能让悲观的慢性病侵蚀人的精神，同厌世的恶质染黑人的血液。我此后决不再病（你非暗中保护不可）我只叫我的心从此麻木，不再问世界有恋情，人们有欢娱，我早打发我的心，我的灵魂去追随你的左右像一朵水莲花拥扶着你往白云深处去缭绕，决不回头偷看尘间的作为，留下我的躯壳同生命来奋斗到战胜的那一天我盼你带着悠悠的乐声从一团彩云里脚踏莲花瓣来接我同去永久相守，过吾们理想中的岁月。

一转眼，你已经离开了我一个月了，在这短时间我也不知道是怎样过来的，朋友们跑来安慰我，我也不知道是说什么好，虽然决心不生病，谁知一直到现在也没有离开过我一天，摩摩，我虽然下了天大的决心，想与你争一口气，可是叫我怎生受得了每天每时的悲念你时的一阵阵心肺的绞痛，到现在有时想哭眼泪干得流不出一点，要叫，喉中疼得发不出声，虽然他们成天的逼我一碗碗的苦水，也难以补得了我心头的悲痛，怕的是我恹恹的病体受不了那岁月的摧残，我的爱，你叫我怎样忍受没有你在我身边的孤单。你那幽默的灵魂为什么这些日子也不给我一些声响？我晚间有时也叫了他们走开，房间不让有一点声音，盼你在人静时给我一些声响，叫我知道你的灵魂是常常绕着我，也好叫我在茫茫前途感觉到一点生趣，不然怕死也难以支持下去了。摩！大大！求你显一显灵吧，你难道忍心真的从此不再同我说一句话了么？不要这样的苛酷了吧！你看，我这孤单一人影从此怎样的去撞这艰难的世界？难道你看了不心痛么？你爱我的心还存在么？你为什么不响？大！你真的不响了么？